레디메이드 인생

레디메이드 인생

채만식 지음

새벽북스

채만식(蔡萬植, 1902~1950)은 일제강점기와 해
방기를 관통하며 한국 근대 리얼리즘 문학의 정
점을 이룬 소설가로, 해학적 풍자와 냉철한 현실
비판으로 잘 알려져 있다. 본관은 평강, 호는 백
릉(白菱)이며 전라북도 옥구에서 출생했다. 어린
시절부터 전통적 한학 교육을 받았고, 이후 임피
보통학교를 거쳐 서울 중앙고등보통학교에 진
학하여 근대 지식과 새로운 문학 흐름에 접했다.
그는 1924년 《조선문단》에 단편 〈새길로〉를 발
표하며 문단에 데뷔했고, 이후 리얼리즘적 시각

과 풍자적 문체를 앞세워 식민지 조선의 사회 부조리를 신랄하게 드러냈다.

채만식의 문학 세계는 해학과 풍자를 바탕으로 한 사회비판적 리얼리즘이 핵심이다. 그는 당대의 계급 갈등, 지식인층의 위선, 식민지 사회의 모순을 날카롭게 풍자하면서도 인간 내면의 비루함을 사실적으로 묘사했다. 특히 1937년 연재한 장편소설 《탁류》는 군산의 쌀 시장을 배경으로 식민지 경제 구조와 인간 탐욕의 민낯을 파헤쳐, 한국 근대 장편소설의 최고 걸작 중 하나로 평가된다. 또한 장편 〈태평천하〉는 일제강점기의 암울한 시대를 배경으로 지주 계급의 위선과 부패를 날카롭게 풍자하고 비판하였다.

해방 이후 채만식은 사회적 격동기에 대한 작가적 고민을 담아냈다. 그는 해방 직후 혼란스러운 현실과 친일파 청산 문제를 다룬 〈민족의 죄인〉, 〈역로〉 등을 통해 지식인의 도덕적 타락과 역사적 책임을 정면으로 비판했다. 이 과정에서 그는 자신의 과거 친일 논란에 대해서도 자성적인 시선을 드러냈다. 이는 단순한 시대 고발을 넘어 역사 앞에서 작가가 지녀야 할 윤리적 자각을 보여준다.

채만식의 문장은 간결하고 구어적이며, 해학적인 어휘와 풍자적 리듬이 특징이다. 그는 언어의 생활성을 극대화하여 인물의 계층적·심리적 특성을 사실적으로 드러냈으며, 이는 한국 근대 소설의 언어 감각을 한층 성숙하게 발전시켰다. 또한 그의 소설은 전통적 풍자문학과 근대 리얼리즘이 결합된 독창적 형식미를 보여준다.

　1950년 한국전쟁 직전 병으로 타계한 채만
식은 여전히 한국 근대문학에서 풍자적 리얼리
즘의 거장으로 기억된다.

차례

문학을 나처럼 해서는

문학 10년기라는 제를 받았지만 10년이 훨씬 넘는다.

초기의 《조선문단(朝鮮文壇)》지에 명색이 처녀 작을 발표한 걸로 문령(文齡)을 잡는 시초를 삼 겠는데 참고 거리와 기록해 둔 것이 없으니 정확 한 것은 모르겠어도 14, 5년은 실히 되는 성싶다.

14, 5년…… 세상에 무론[1] 무슨 노릇이고 10년 독공(獨工)을 하면 입신(入神)을 한다는 말이 있다.

그야 백 년을 해도 다 숙달을 못 하는 인들 없 는바 아니지만 14, 5년 문학에 종사를 하노라고 하고서도 오늘날 요 푼수밖에는 이루지를 못했 으니 이 천하 의젓잖은 문충(文蟲)아! 하고 남이 욕을 해도 섭섭해할 말이 없겠다.

그 당절만 해도 문단이 매우 인심댁(宅)이어 서, 시방 생각하면 중학생의 여섯 점쯤 맞은 작 문 쉼직한[2] 것을 왈 소설이라고 발표시켜 주고,

———
1 말할 것도 없이.

이어서 그 비슷한 것을 써다 바치는 대로 몇 번
계속해 실려 주고, 하고 나니까 나도 어언간 소
설가가 되어버렸었다.

바이론[3]은 하루아침 자고 깨어보니까 천하에
이름난 시인이 되었더라고? 과연 나도 자다가
깨보니까 소설가가 되어서 있었다!

그때나 시방이나 가난하기는 일반이라, 고 푸
달진[4] 문명(文名)과 선배며 은사의 알선으로 〈동
아일보〉에 취직을 했었다.

처음 얼마 동안 학예부 일을 볼 때는 그래도
아직 애송이 서생이더니, 사회부 외근기자가 되
면서부터는 24,5세가 되도록 통히 모르던 술과
기집의 세계가, 시방 사변[5] 전의 상해와 같이 임

2 쉼직하다: 다른 것보다도 크기나 정도가 조금 더 하거나 비슷
하다.
3 조지 고든 바이런(George Gordon Byron, 1788~1824).
4 푸달지다: (비꼬는 뜻으로) 꽤 많다.
5 1932년 1월 28일 상하이국제 공동조계 주변에서 일어났던 중
화민국과 일본 제국의 군사적 충돌인 상하이 사변(上海事變, 상
해 사변)을 의미함.

의로 왔다. 더우기 요새처럼 신문기자가 회사원이 아니요, 괜히 좀 어깨가 으쓱한 무엇이 있을 시절, 해서 직함이 신문기자 씨이겠다, 하루 일 뚝딱 마치고는 좋은 친구 얼려 술 먹고 놀고, 참말 호강을 하는 것 같아 즐거웠었다.

문학? 그런 건 다 해도 고만 안 해도 고만, 영심심한 때나 되는 대로 소설장 쓰는 시늉을 하면 종시 소설가는 소설가니 좋았다.

이래, 지나간 병자년까지 근 10년을 혹은 방탕하여, 혹은 직업에 정말 쪼들려, 또 혹은 이른바 생각하는 바 있어, 문학을 의붓자식같이 등한히 해왔었다.

그 사이 다만 〈개벽〉사(開闢社)에 있을 동안이 그래도 정신을 약간 차려 소설도 더러 많이 쓰곤했던 동안이라지만, 역시 반은 여기(餘技)[6] 삼아서 한 노릇이었었다. 하다가 병자년 정월 마지막

―――――
6 틈틈이 취미로 하는 재주나 일.

14

으로 〈조선일보〉사를 나오게 됨으로써 직업이라는 것과 아주 손을 끊고서 비로소 눈을 뒤집어쓰고 문학과 단판씨름을 하기 시작했었다.

하나, 그때는 이미 조선문학과 동배들이 저만치 10년이나 앞을 서서 큰소리를 치며 가고 있을 무렵, 일껏 게으름을 부리던 위인이 늦부지런이 나서, 허위단심[7] 쫓아가느라고 달음박질을 하자니, 또 젊은 기운은 거의 다 빠졌겠다, 도무지 숨이 가빠 못하는 판이다. 천도(天道) 무심치 않은 법일레라!

문학에 투신한 동기는, 모르겠다 잊어버린 것 같기도 하고, 거저 그냥 하고 싶어서 한 것도 같고.

문학을 배울 때를 가지지 못하고서 습작기에 바로 작가 노릇을 했고, 한데 그 알량한 작가 노릇이나마 어찌나 데데하게[8] 했던지, 이렇다 할

---

7 허우적거리며 무척 애를 씀.
8 데데하다: 변변하지 못하여 보잘것없다.

사숙인(私淑人) 하나 가지지 못했다.

다만 상섭(想涉)[9]을 좋아했고 동인(東仁)[10]을 좋아했고 내지 사람네 것으로는 고산저우(高山樗牛)[11]의 글과 하목(夏目)[12] 상을 좀 읽었고, 다만 한 가지 자랑 같지 않은 자랑은, 뚜르게네프의 작을 많이 읽은 중 《엽인일기(獵人日記)》[13] 같은 것은 아마 사오독 착실히 한 듯싶다. (그 가운데서 골라서 읽은 것도 있지만)

내 작품 중에 후진한테 참고될 것은 하나도 없다. 또 없어야 당연한 일이다. 혹시 작품 이외의 것으로 참고 거리를 들라면, 일왈 문학을 나처럼 해서는 못 쓴다고. 이왈, 요새는 문학이 문학이 아니라 자살용의 양잿물이더라고.

---

9 염상섭.
10 김동인.
11 다카야마 조규: 일본의 작가이자 문학평론가.
12 나쓰메 소세키.
13 현대 번역본은 〈사냥꾼의 수기〉라는 제목으로 유통되고 있음.

레디메이드 인생

1

"뭐 어디 빈자리가 있어야지."

K 사장은 안락의자에 폭신 파묻힌 몸을 뒤로 벌떡 젖히며 하품을 하듯이 시원찮게 대답을 한다. 미상불[1] 그는 두 팔을 쭉 내뻗고 기지개라도 한 번 쓰고 싶은 것을 겨우 참는 눈치다.

이 K 사장과 둥근 탁자를 사이에 두고 공손히 마주 앉아 얼굴에는 '나는 선배인 선생님을 극히 존경하고 앙모합니다' 하는 비굴한 미소를 띠고 있는 구변 없는 구변을 다하여 직업 동냥의 구걸 문구를 기다랗게 늘어놓던 P…… P는 그러나 취직운동에 백전백패(百戰百敗)의 노졸(老卒)인지라 K 씨의 힘 아니 드는 한마디의 거절에도 새삼스럽게 실망도 아니한다. 대답이 그렇게 나왔으니 인제 더 졸라도 별수가 없는 것이지만 헛일

---

1 아닌 게 아니라 과연.

삼아 한마디 더 해보는 것이다.

"글쎄올시다. 그러시다면 지금 당장 어떻게 해주십사고 무리하게 조를 수야 있겠습니까마는…… 그러면 이 담에 결원이 있다든지 하면 그때는 꼭……."

이렇게 말하고 P는 지금까지 외면하였던 얼굴을 돌리어 K 사장을 조심성 있게 바라보았다. 그러나 K 사장은 위선 고개를 좌우로 두어 번 흔들고는 여전히 하품 섞인 대답을 한다.

"결원이 그렇게 나나 어디…… 그리고 간혹 가다가 결원이 난다더라도 유력한 후보자가 몇십 명씩 밀려 있어서……."

P는 아무 말도 아니하고 고개를 숙였다. 인제는 영영 틀어진 것이다. '안녕히 계십시오' 하고 일어서는 것밖에는 별수가 없다.

별수가 없이 되었으니 '네 그렇습니까' 하고 선선히 일어서야 할 것이지만 지금까지의 은근히 모시고 있던 태도에 비하여 그것이 너무 낮간

지러운 표변임을 알기 때문에 실망이나 하는 체하고 잠시 더 앉아 있는 것이다.

"거 참 큰일들 났어."

K 사장은 P가 낙심해하는 것을 보고 별로 밑천이 들지 아니하는 일이라서 알뜰히 걱정을 나누어준다.

"저렇게 좋은 청년들이 일거리가 없어서 저렇게들 애를 쓰니."

P는 속으로 코똥을 '흥' 하고 뀌었으나 아무 대답도 아니하였다. K 사장은 P가 이미 더 조르지 아니하리라고 안심한지라 먼저 하품 섞어 '빈자리가 있어야지' 하던 시원찮은 태도는 버리고 그가 늘 흉중에 묻어두었다가 청년들에게 한바탕씩 해 들려주는 훈화를 꺼낸다.

"그렇지만 내가 늘 말하는 것인데…… 저렇게 취직만 하려고 애를 쓸 게 아니야. 도회지에서 월급 생활을 하려고 할 것만이 아니라 농촌으로 돌아가서……"

"농촌으로 돌아가서 무얼 합니까?"

P는 말 중동을 갈라 불쑥 반문하였다. 그는 기왕 취직운동은 글러진 것이니 속 시원하게 시비라도 해보고 싶은 것이다.

"허! 저게 다 모르는 소리야…… 조선은 농업국이요, 농민이 전 인구의 팔 할이나 되니까 조선문제는 즉 농촌문제라고 볼 수 있는데, 아, 지금 농촌에서 할 일이 오죽이나 많다구?"

"저는 그 말씀 잘 못 알아듣겠는데요. 저희 같은 사람이 농촌에 가서 할 일이 있을 것 같잖습니다."

"그럴 리가 있나! 가령 응…… 저……"

K 사장은 응…… 저…… 하고 더듬으면서 끝내 대답을 하지 못한다. 그것은 무리가 아니다.

그가 구직하러 오는 지식 청년들에게 농촌으로 돌아가 농촌사업을 하라는 것과 (다음에 또 꺼내는 일거리를 만들라는 것은) 결코 현실에서 출발한 이론적 근거가 있는 것이 아니었다. 그저 지식계급의 구직꾼이 넘치는 것을 보고 막연히 '농촌으로 돌아가라', '일을 만들어라'고 해왔을 따름이다. 따라서 거기에 대한 구체적 플랜이 있는 것도 아니었던 것이다. 한편으로는 한 행셋거리로, 또 한편으로는 구직꾼 격퇴의 수단으로 자룡이 헌 창 쓰듯 썼을 뿐이지……

그리하여 그동안까지는 대개는 그 막연한 설교를 들은 성 만 성하고 물러가는 것이 그들의 행투였었는데 오늘이 P에게만은 그렇지가 아니하여 불가불 구체적 설명을 해주어야 하게 말머리가 돌아선 것이다. 그래서 그는 떠듬떠듬 생각해 가면서 생각나는 대로 주워섬기는 것이다.

"가령 응…… 저…… 문맹퇴치운동도 있지. 농민의 구 할은 언문도 모른단 말이야! 그리고 생활개선운동도 좋고…… 헌신적으로."

"헌신적으로요?"

"그렇지……. 할 테면 헌신적으로 해야지."

"무얼 먹고 헌신적으로 그런 사업을 합니

까……? 먹을 것이 있어서 그런 농촌사업이라도 할 신세라면 이렇게 취직을 못 해서 애를 쓰겠습니까?"

"허! 그게 안 된 생각이야……. 자기가 먹고살 재산이 있으면서 사회를 위해서 일도 아니 하고 번들번들 논다는 것은, 그것은 타락된 생각이야."

P는 K 사장이 억단²을 내세우는 것을 보고 속으로 싱그레 웃었다.

"그렇지만 지금 조선 농촌에서는 문맹퇴치니 생활개선이니 합네 하고 손끝이 하—얀 대학이나 전문학교 졸업생들이 몰려오는 것을 그다지 반겨하기는커녕 머릿살을 앓을 것입니다³. 농민이 우매하다든지 문화가 뒤떨어졌다든지 또 생활이 비참한 것의 근본 원인이, 기역 니은을 모른다든가 생활개선을 할 줄 몰라서 그런 것이 아니니까요. 그리고 조선의 지식 청년들이 모두 그

---

2 근거 없이 판단함.
3 (속되게) 골치를 앓다.

런 인도주의자가 되어집니까?"

"되면 되지 안 될 건 무어야?"

"그건 인도주의란 그것이 한 개 공상이니까 그렇겠지요."

"허허 …… 그러면 P 군은 ××주의잔가?"

"되다가 찌부러진 찌스러깁니다. 철저한 ×× 주의자라면 이렇게 선생님한테 와서 취직운동도 아니 합니다."

"못써. 그렇게 과격한 사상으로 기울어서야 쓰나……. 정 농촌으로 돌아가기가 싫거든 서울서라도 몇 사람 마음 맞는 사람이 모여서 무슨 일을 — 조선에 신문이 모자라니 신문을 하나 경영하든지 또 조그맣게 하자면 잡지 같은 것도 좋고 또 영리사업도 좋고…… 그러면 취직운동하는 것보담 훨씬 낫잖은가?"

"좋을 줄이야 압니다만 누가 돈을 내놓니까?"

"그거야 성의 있게 하면 자연 돈도 생기는 거지."

P는 엉터리없는 수작을 더 하기가 싫어 웬만큼 말을 끊고 일어섰다.

속에 있는 말을 어느 정도까지 활활 해준 것이 시원은 하나 또 취직이 글렀고나 생각하니 입 안에서 쓴침이 고여 나온다.

복도에서 편집국장 C를 만났다. P는 C와 각별히 사이가 가까운 터이었다.

"사장 만나러 왔소?"

C는 묻는 것이다.

"아—니."

P는 거짓말을 하였다. 그는 지금 K 사장을 만나 거절당한 이야기를 하기가 어쩐지 창피하기도 할 뿐 아니라 또 전부터 C더러 K 사장에게 자기의 취직운동을 부탁해 왔던 터인데 직접 이렇게 찾아와서 만났다고 하기가 혐의쩍기도 하여 시치미를 뚝 뗀 것이다.

"아주 단념하오."

C 자기에게 부탁한 취직운동을 단념하란 말

이다. 그러면 벌써 C가 K 사장에게 이야기를 하였고 그 결과 일이 틀어진 것을 P는 모르고 와서 헛노릇을 한바탕 한 것이다. P는 먼저 C를 만나보지 아니하고 K 사장을 만난 것을 후회했다. C는 잠깐 멈췄던 말을 계속한다.

"어제 아침에 사장더러 P 군의 사정이 퍽 난처하니 어떻게 생각해 봐 주면 좋겠다고 여러 말을 했다가 코 떼었소. 신문사가 구제기관이 아닌데 남의 사정이 난처한 것을 어떻게 하라느냐고 그럽디다…… 하기야 그게 옳은 말이지만……"

신문사가 구제기관이 아니라고 한다는 그 말이 P의 머리에는 침 끝으로 찌르는 것같이 정신이 들게 울리었다.

'흥! 망할 자식들!'

P는 혼잣말로 이렇게 투덜거리며 C와 작별도 아니하고 밖으로 나와버렸다.

2

P는 광화문 네거리의 기념비각(紀念碑閣) 옆에서 발길을 멈추고 망설였다. 어디로 갈까 하는 것이다.

봄 하늘이 맑게 개었다. 햇볕이 살이 올라 포근히 온몸을 싸고 돈다. 덕석⁴ 같은 겨울 외투를 벗어 버리고 말쑥말쑥하게 새로 지은 경쾌한 춘추복의 젊은이들이 봄볕처럼 명랑하게 오고 가고 한다.

멋쟁이로 차린 여자들의 목도리가 나비같이 보드랍게 나부낀다. 그 오동보동한 비단 다리를 바라다보노라니 P는 전에 먹던 치킨 카츠가 생각이 났다.

창을 활활 열어젖힌 전차 속의 봄 사람들을 보니 P도 전차를 잡아타고 교외나 나가고 싶었다.

---

4 '멍석'의 방언.

그러나 크림 맛을 못 본 지 몇 달이 된 낡은 구두, 고기작거린 동복 바지, 양편 포켓이 오뉴월 쇠× 알같이 축 처진 양복저고리, 땟국 묻은 와이샤쓰 와 배배 꼬인 넥타이, 엿장수가 이 전 어치 주마 던 낡은 모자, 이렇게 아래로부터 훑어 올려 보 며 생각하니 교외의 산보는커녕 얼핏 돌아가서 차라리 이불을 뒤쓰고 드러눕고만 싶었다.

마침 기념비각 앞에 자동차 하나가 머물더니 서양사람 내외가 내린다. 그들은 사내가 설명하 고 여자가 듣고 하면서 기념비각을 앞뒤로 구경 한다. 여자는 사진까지 찍는다.

대원군이 만일 이 꼴을 본다면…… 이렇게 생 각하매 P는 저절로 미소가 입가에 떠올랐다.

3

대원군은 한말(韓末)의 '돈키호테'였었다. 그 는 바가지를 쓰고 벼락을 막으려 하였다. 바가지는 여지없이 부스러졌다. 역사는 조선이라는 조그마한 땅덩어리나마 너무 오래 뒤떨어뜨려 놓지 아니하였다.

갑신정변(甲申政變)의 싹이 트기 시작하여 가지고 한일합방의 급격한 역사적 변천을 거치어 자유주의 사조는 기미년에 비로소 확실한 걸음을 내어 디디었다.

자유주의의 새로운 깃발을 내어 걸은 시민(市民)의 기세는 등등하였다.

"양반? 흥! 누구는 발이 하나길래 너희만 양발(반)이라느냐?"

"법률 앞에서는 만인이 평등이다."

"돈······ 돈이 있으면 무어든지 할 수 있다."

신흥 부르죠아지는 민주주의의 간판을 이용하여 노동자 농민의 등을 어루만지고 경제적으로 유력한 봉건귀족과 악수를 하는 동시에 지식 계급을 대량으로 주문하였다.

유자천금이 불여교자 일권서(遺子千金不如敎

子一券書)[5]라는 봉건시대의 진리가 자유주의의 세례를 받아 일단의 더 발전된 얼굴로 민중을 열광시켰다.

"배워라, 글을 배워라⋯⋯. 지식만 있으면 누구나 양반이 되고 잘살 수가 있다."

이러한 정열의 외침이 방방곡곡에서 소스라쳐 일어났다.

신문과 잡지가 붓이 닳도록 향학열을 고취하고 피가 끓는 지사(志士)들이 향촌으로 돌아다니며 세 치의 혀를 놀리어 권학(勸學)을 부르짖었다.

"배워라! 배워야 한다. 상놈도 배우면 양반이 된다."

"가르쳐라! 논밭을 팔고 집을 팔아서라도 가르쳐라. 그나마도 못하면 고학이라도 해야 한다."

"공자왈 맹자왈은 이미 시대가 늦었다. 상투

---

5 자식에게 천금을 물려주는 것보다 자식에게 책 한 권을 가르치는 것이 낫다.

를 깎고 신학문을 배워라."

"야학을 실시하여라."

재등(齋藤)[6] 총독이 문화정치의 간판을 내어
걸고 골골이[7] 학교를 증설하였다.

보통학교의 교장이 감발[8]을 하고 촌으로 돌아
다니며 입학을 권유하였다. 생도에게는 월사금
을 받기는커녕 교과서와 학용품을 대어주었다.

민간의 유지는 돈을 걷어 학교를 세웠다. 민립
대학도 생기려다가 말았다. 청년회에서 야학
을 설시하였다. '갈돕회'[9]가 생겨 갈돕만주 외우
는 소리[10]가 서울의 신풍경을 이루었고 일반은
고학생을 존경하였다.

여학생이라는 새 숙어가 생기고 신여성이라

---

6 사이토 마코토.
7 고을고을마다.
8 버선이나 양말 대신 발에 감는 좁고 긴 무명천. 주로 먼 길을
   걷거나 막일을 할 때 쓴다.
9 일제 강점기에 장택상 등이 가담하여 만든 고학생 자조 단체
   혹은 갈돕회가 운영한 동명의 순회 극단. 근대 학생극 운동에
   서 중요한 역할을 하였다.
10 서로 손을 잡은 갈돕회 낙인을 찍은 만주를 사라고 외치는 소리.

는 새 여인이 생기어났다.

이와 같이 조선의 관민이 일치되어 민중의 지식 정도를 높이는 데 진력을 하였다. 즉 그들 관민이 일치하여 계획한 조선의 문화 정도는 급속도로 높아갔다.

그리하여 민중의 지식 보급에 애쓴 보람은 나타났다.

면서기를 공급하고 순사를 공급하고 간이 농업학교 출신의 농사 개량 기수(技手)를 공급하였다.

은행원이 생기고 회사 사원이 생겼다. 학교 교원이 생기고 교회의 목사가 생겼다.

신문 기자가 생기고 잡지 기자가 생겼다. 민중의 지식 정도가 높았으니 신문 잡지 독자가 부쩍 늘고 의사와 변호사의 벌이가 윤택하여졌다.

소설가가 원고료를 얻어먹고 미술가가 그림을 팔아먹고 음악가가 광대의 천호(賤號)에서 벗어났다.

인쇄소와 책장사가 세월을 만나고 양복점 구

듯방이 늘비하여졌다[11].

연애결혼에 목사님의 부수입이 생기고 문화
주택을 짓느라고 청부업자가 부자가 되었다. 그
리하여 부르죠아지는 가보[12]를 잡고 공부한 일
부의 지식꾼은 진주(다섯 끗)를 잡았다.

그러나 노동자와 농민은 무대[13]를 잡았다. 그
들에게는 조선문화의 향상이나 민족적 발전이
나가 도리어 무거운 짐을 지워 주었을지언정 덜
어주지는 아니하였다. 그들은 배(梨)주고 속 얻어
먹은 셈이다.

······(원문 20여 자 탈락)······

인테리······ 인테리 중에도 아무런 손끝의 기
술이 없이 대학이나 전문학교의 졸업증서 한 장
을, 또는 조그마한 보통 상식을 가진 직업 없는
인테리······ 해마다 친여 명씩 늘이가는 인데

---

11 질서 없이 여기저기 많이 늘어서 있거나 놓여 있다.
12 노름에서 가장 높은 수인 아홉 끗.
13 노름에서 열 끗 혹은 스무 끗으로 꽉 차서 쓸 끗수가 없는 경우.

리…… 뱀을 본 것은 이들 인테리다.

부르죠아지의 모든 기관이 포화상태가 되어 더 수요가 아니 느니 그들은 결국 꾀임을 받아 나무에 올라갔다가 흔들리우는 셈이다. 개밥의 도토리다.

인테리가 아니었으면 차라리 ……(원문 7~8자 탈락)…… 노동자가 되었을 것인데 인테리인지라 그 속에는 들어갔다가도 도로 달아나오는 것이 99프로다. 그 나머지는 모두 어깨가 축 처진 무직 인테리요, 무기력한 문화 예비군 속에서 푸른 한숨만 쉬는 초상집의 주인 없는 개들이다. 레디메이드 인생이다.

4

"제─길!"

P는 혼자 두덜거리며 지금까지 섰던 기념비각 옆을 떠났다.

……(원문 80여 자 탈락)……

　P는 자기 자신이고 세상의 모든 일이고 모두 짜증이 나고 원수스러웠다.

　광화문 큰 거리를 총독부 쪽으로 어실어실[14] 걸어가노라니 그의 그림자가 짤막하게 앞에 누워 간다. P는 그 자기 그림자를 콱 밟고 싶었다. 그러나 발을 내어 디디면 그림자도 그만큼 앞으로 더 나가곤 한다. 이 그림자와 자기 자신에서 그리고 그림자를 밟으려는 자기 자신과 앞으로 달아나는 그림자에서 P는 자기의 이중인격의 모순상을 발견하였다.

　동십자각 옆에까지 온 P는 그 건너편 담배 가게 앞으로 갔다.

　"담배 한 갑 주시오."

하고 돈을 꺼내려니까 담배 가게 주인이,

　"네, 마꼬입니까?"

---

14 사람이나 짐승이 조금 느리게 걸어 다니는 모양.

묻는다.

P는 담배가게 주인을 한번 거듭떠 보고 다시 자기의 행색을 내려 훑어보다가 심술이 번쩍 났다. 그래서 잔돈으로 꺼내려던 것을 일부러 일원짜리로 꺼내려는데 담배가게 주인은 벌써 마꼬 한 갑 위에다 성냥을 받쳐 내어민다.

"해태 주어요."

P는 돈을 들이밀면서 볼멘소리를 질렀다. 그러나 담배가게 주인은 그저 무신경하게

"네에."

하고는 마꼬를 해태로 바꾸어주고 팔십오 전을 거슬러준다.

P는 저편이 무렴해하지[15] 아니하는 것이 더욱 얄미웠다.

그는 해태 한 개를 꺼내어 붙여 물고 다시 전찻길을 건너 개천가로 해서 올라갔다. 인제는 포켓

---

15 염치가 없음을 느껴 마음이 부끄럽고 거북하다.

속에 남은 것이 꼭 삼 원하고 동전 몇 푼이다. 엊그제 겨울 외투를 사 원에 잡혀서 생긴 것이다.

방세와 전깃불값이 두 달 치나 밀리었다. 삼원은 방세 한 달 치를 주고 일 원에서 전등삯 한 달 치를 주고도 싶었으나 그리고 나면 그 나머지로 설렁탕이나 호떡을 사 먹어도 하루밖에는 못 지낸다. 그래 그대로 넣어두고 한 이틀 지내는 동안에 일 원이 거진 달아났던 판인데 공연한 객기를 부리느라고 당치도 아니한 해태를 샀기 때문에 인제는 일 원 돈은 완전히 달아나고 삼 원만 남은 것이다.

P는 포켓 속에 손을 넣고 잔돈과 지폐를 섞어 삼 원 남은 돈을 만지작거렸다. 그러면서 왼편 손으로는 손가락을 꼽아가며 삼 원을 곱쟁이[16] 쳐보았다.

육 원, 십이 원, 이십사 원, 사십팔 원, 구십육

---

16 곱절.

원, 백구십이 원, 팔 원 모자르는 이백 원…… 사백 원, 팔백 원, 일천 육백 원, 삼천 이백 원, 육천 사백 원, 일만 이천 팔백 원, 팔백 원은 떼어버리고 이만 사천 원, 사만 팔천 원, 구만 육천 원, 십구만 이천 원, 삼십 팔만 사천 원, 칠십 육만 팔천 원, 일백 오십 삼만 육천 원……

삼 원을 열여덟 번만 곱집으면 일백 오십 삼만 원이 된다. 일백 오십 삼만 원, 그놈이 있으면…… 이렇게 생각하매 어깨가 으쓱해졌다.

삼 원의 열여덟 곱쟁이가 일백 오십만 원이니 퍽 쉬운 것이다……. 그놈만 있으면 백만 원을 들여서 오십 전짜리 십육 페이지 신문을 하나 했으면 위선 K 사장의 엉엉 우는 꼴을 볼 수가 있을 것이다.

그러나 아쉬운 대로 십오만 원만 있어도, 일만 오천 원 아니 일천 오백 원만 있어도, 아니 일백 오십 만 있어도, 십오 원만 있어도 우선 방세와 전등삯을 주고 한 달은 살아가겠다.

P는 한숨을 내쉬었다. 한 달? 한 달만 살고 나면 그담은 어떻게 하나……? 그래도 몇백 원은 있어야지, 아니 몇만 원은……

P는 늘 하는 버릇으로 이런 터무니없는 공상을 되풀이하였다. 그는 최근 이러한 공상을 하면서부터 취직을 시들하게 여겼다.

취직이 된댔자 사오십 원이나 오륙십 원의 월급이다. 그것을 가지고 빠듯빠듯 살아간들 무슨 아기자기한 재미가 있을 턱도 없는 것이다.

가령 근실히 해서 월괘저금(月掛貯金)[17] 같은 것도 하고 집도 장만하고 여편네도 생기고 사장이나 중역들의 눈에 들어 지위도 부장쯤으로는 올라가고, 그리하여 생활의 근거도 안정이 되고 하면 지금 같은 곤란은 당하지 아니하겠지만, 그러나 P에게는 아직도 젊은 때의 야심이 있어 그러한 고식된 안정이나 명색 없는 생활은 도리어

---

17 월급을 매달 조금씩 떼어 모으는 저축.

피하고 싶었던 것이다. 좀 더 남의 눈에 띄며 좀 더 재미있고 그리고 자유로운 생활.

물론 그는 지금이라도 누가 한 달에 삼십 원만 줄 테니 와서 일을 해달라면 마치 주린 개가 고기를 보고 덤비듯이 덮어놓고 덤벼들 것이다. 그러나 속으로는 그와 딴판으로 배포를 부리고 있는 것이다.

P가 삼청동으로 올라가느라고 건춘문 앞까지 이르렀을 때에 저편에서 말쑥하게 몸치장을 한 여자 하나가 마주 내려왔다.

역시 삼청동 근처에 사는 여자인지 P와는 가끔 마주치는 여자다.

P는 그 여자와 만날 때마다 일부러 눈여겨보지 아니하는 체는 하면서도 실상은 고비샅샅[18] 관찰을 하였고, 그리고 속으로는 연애라도 좀 했으면 하던 터이었다. 무엇보다도 동그스럼한 얼

18 구석구석마다 샅샅이.

굴에 이목구비가 모두 모지지 아니하고 얼굴의
윤곽이 동글듯이 모가 나지 아니한 것, 그래서
맘자리도 그렇게 동글려니 하는 것이 P의 마음
을 끈 것이다.

그 여자는 자주 만나는 이 헙수룩한 양복장이
—P를 먼빛으로도 알아보았는지 처녀다운 조심
스런 몸매로 길을 가로 비켜 가까이 왔다.

P는 고개를 꼿꼿이 쳐들고 앞만 쳐다보면서도
속으로는,

'저 여자가 지금 내 옆으로 다가와서 조그만
소리로 정답게 구애(求愛)를 한다면? 사뭇 들이
안긴다면…… 어쩔꼬?'

이런 생각을 하면서 히죽이 웃는데 여자는 벌
써 지나쳐 버렸다.

'흥! 어쩌긴 무얼 어째……? 이년아, 일 없다
는데 왜 이래! 하고 발길로 칵 차 내던지지.'
하고 P는 어깨를 으쓱하였다.

삼청동 꼭대기에 있는 집— 집이 아니라 사글

세로 들은 행랑방—에 돌아왔다. 객지에 혼자 있으니 웬만하면 하숙에 있을 것이로되 밥값이 밀리고 그것에 졸릴 것이 무서워 P는 방을 얻어 가지고 있던 것이다.

먹는 것이야 수중에 돈이 있는 때에 따라 호떡도 설렁탕도 백화점의 런치도, 그렇잖고 몇 끼씩 굶기도 하여 대중이 없었다.

볕 구경을 잘 못 해서 겨울에도 곰팡이 슬고 이불을 며칠씩 그대로 펴두는 방바닥에서는 먼지가 풀신풀신 올랐다.

하도 어설퍼 앉으려고도 아니하고 방 가운데 우두커니 서서 있노라니까 안방문 여닫는 소리가 들리며 주인 노파가 나와서 캑 하고 기침을 한다. P는 또 방세 졸릴 일이 아득하였다.

그러나 노파는 방세보다도 우선 편지 한 장을 들이밀어 준다. 고향의 형에게서 온 것이다.

편지를 뜯어 읽고 난 P는 말가웃(一斗半)[19]이나 되게 한숨을 푸—내쉬었다. 그리고는 편지를 박박 찢어 버렸다.

<u>5</u>

　편지의 요건은 P의 아들에 관한 것이다.

　P에게는 연전에 갈린 아내와의 사이에 생긴 창선이라는 아들이 있다. 금년에 아홉 살이다.

　아내와 갈릴 때에 저편에서 다만 어린애만이라도 주었으면 그것을 데리고 길러가는 재미로 혼자 사는 세상에 낙을 붙이겠다고 사정하였다. 그리고 적어도 중학까지는 마치게 하겠다는 것이었다.

　그렇게 했으면 P도 한짐을 덜었을 것이다. 그러나 그는 듣지 아니하였다.

　어릴 적부터 소박데기 어미의 손에서 아비의 원망과 푸념을 들어가면서 자란 자식은 자란 뒤

---

19 한 말 반쯤의 분량.

에 그 아비에게 호감을 가지지 못한다. P는 자식을 꼭 찾고 싶은 것은 아니나 아무튼 장성하면 아비라고 찾아올 터인데 그때에 P는 이미 늙고 자식은 팔팔하게 젊은 놈이 옛날에 제 어미를 소박한 아비래서 아니꼽게 군다면 그것은 차마 못 당할 노릇이다.

이러한 생각으로 P는 창선이를 내주지 아니한 것이다. 그러나 빼앗아 놓고 보니 인제 겨우 너댓 살밖에 아니 먹은 것을 자기 손으로 어찌할 수가 없다. 그리하여 할 수 없이 어렵사리 지내는 그 형에게 맡기어 놓고 다시 서울로 올라온 것이다. 보통학교에 다닐 나이가 되면 서울로 데려오겠다고 해두고.

P의 형은 작년에 조카를 보통학교에 입학시켰다. 그러나 극빈 축에 드는 집안인지라 몇 푼 아니 되는 월사금과 학비를 대지 못하여 중도에 퇴학시켰다. 애초에 입학시킬 상의로 P에게 편지를 했을 때에 P는 공부 같은 것은 시켰자 소용이

없으니 차라리 뼈가 보드라운 때부터 생일(勞動)을 시키라고 하였다. P의 형은 그러나 백부(伯父)의 도리로나 집안의 체면으로나 창선이를 생일을 시킬 수가 없었다. 차라리 자기 손에 두어 헐벗고 헐입히면서 공부도 시키지 못하니 제 아비인 P더러 데려가라고 작년부터 편지를 하던 터이다.

금년도 입학 시기가 당함에 P의 형은 P에게 누차 편지를 하였다. 금년에 입학을 시키지 못하면 명년에는 학령이 초과되어 들여주지 아니할 것이니 어서 데려다가 공부를 시키라는 것이다.

'그 어린것이 굶기를 먹듯 하고 재주는 있으면서 남의 집 아이들이 학교에 다니는 것을 부러워하는 꼴은 차마 애처러워 볼 수가 없다. 차라리 이꼴 저꼴 보지 아니하는 것이 속이나 편하겠다.'

이번 편지에는 이러한 구절이 있고 끝에 가서,

'여비가 몇 원 변통되면 차를 태우고 전보를 칠 테니 정거장에 나와 데려가거라. 나도 웬만하면 객지에 혼자 있는 너에게 어린 자식을 떠맡기 듯이 보내겠느냐마는 잘못하다가 그것을 굶겨 죽이겠기에 생각다 못하여 단행하는 것이다.'

이러한 말이 씌어 있었다.

P는 박박 찢은 편지를 돌돌 뭉쳐 방구석에 내던지고 한숨을 푸—내쉬었다.

인제는 자식을 데리고 있기가 피할 수 없이 되었는데 어떻게 했으면 좋을까 하는 것이다. 그는 형이 원망스럽고 아니꼬왔다.

굳이 제 아비를 따라 보낸다는 것이 아니라 부둥부둥 공부를 시키라는 것 때문이다. 기왕 서울로 보내나 시골서 데리고 있으나 고생시키기는 일반이니 차라리 시골서 일찍부터 생일이나 시켰으면 P에게는 여러 가지로 좋은 것이었다.

'흥! 체면! 공부! 죽어도 인테리는 만들잖는다.'

P는 혼자 이렇게 두덜거렸다.

"집에서 온 편지유? 무슨 걱정이 생겼수?"

말거리를 찾지 못하여 머뭇거리고 섰던 안방

노인이 동정이나 하는 듯이 이렇게 묻는다.

"아—니요"

P는 마지못해 코대답을 하였다.

"필경 무슨 걱정이 생긴 게구려!"

노인은 자기의 말거리를 만들려고 아니라는
데도 이렇게 걱정을 내어놓는다.

"그게 모두 가난한 탓이지…… 저렇게 젊고
똑똑한 이가, 저게 모두 가난한 탓이야! 어디 구
실(職業) 자리 말한다더니 아직 아니 됐수?"

"네, 아직……"

"거 큰일났구려! 어서 돼야 할 텐데…… 나두
꼭 죽겠수…… 이 늙은 것이…… 돈 좀 마련되잖
았수?"

"네, 아직 좀……"

"저걸 어쩌나! 오늘은 물값이야 전깃불값이야
사뭇 받으러 달려들 텐데!"

"며칠만 더 미루십시오. 설마하니 마나님이야
아니 드리겠습니까……."

"아무렴! 실수야 없을 줄 알지만 내가 하도 옹색하니깐 그러는 거지……."

P는 노인이 지껄이게 두어 두고 혼자 생각하였다. 전에 아는 집에서 셋방을 얻어 들었을 때에는 두 달이고 석 달이고 세가 밀려도 조르는 법이 없었다.

밀려도 조르지 아니하는 아는 집…… 이것이 P는 도리어 미안해서 이곳으로 옮겨온 것이다. 옮겨 와가지고 막상 졸림질을 당하니 미안해도 졸리지는 아니하던 옛집이 그리워지는 것이다.

노인이 문을 가로막고 서서 수다스런 소리로 더 지껄이려고 하는데 마침 P의 동무 M과 H가 찾아왔다.

"어디 나가나?"

M이 그렇잖아도 벌씸[20]한 코를 한 번 더 벌씸하고 사이 벌어진 앞니를 내어 보이며 싱끗 웃

---

20 '벌름'의 방언.

는다.

몸집은 M과 같이 퉁퉁하지만 키가 작아 M의 뒤에 섰던 H가 옆으로 나서며,

"안녕합시오."

하고 인사를 한다.

P는 싱긋이 웃었다. 이 M과 H는 같은 하숙에 있는데 두 사람은 곧잘 같이 돌아다닌다. 같이 가는 것을 나란히 세워놓고 보면 하나는 키가 커서 우뚝하고 하나는 키가 작아서 납작 붙어 가는 것 같다.

얼굴도 M은 우들부들한 게 정객 타입으로 생기었고—잘못하면 삑싱 링에 내세워도 좋겠고—H는 안존한 게 사무원 타입이다.

일상의 언행을 보아도 H는 무슨 이야기가 자기 전문인 법률에 관한 것에 다다르면 《육법전서》의 조목을 따르르 외이면서 이렇고 저렇고 하다고 설명을 하고, M은 동경서 학생 ××에 제휴를 했던 만큼, 그리고 전문이 정경과인만큼 좌

익 진영에서 쓰는 어투가 그대로 나온다.

"여전히 모다 동색(冬色)이 창연하군!"

P는 두 사람의 특특한 겨울양복을 보고 그리고 자기의 행색을 내려보며 웃었다.

M이 신을 벗고 들어와 먼지 앉은 책상 위에 걸터앉으며,

"춘래불사춘일세."

하고 한마디 왼다. H도 따라 들어와 한편에 앉으며 한마디 한다.

"아직 괜찮아…… 거리에서 보니까 동복 입은 사람이 많데……."

"괜찮기는 무어 괜찮아…… 우리가 길로 돌아다니니까 사방에서 아이구야! 소리가 들리데."

"왜?"

"봄이 발밑에서 짓밟히느라고."

"하하하하."

세 사람은 소리를 내어 웃었다.

"참 시험 본 것 어떻게 되었소?"

P는 H가 일전에 총독부에서 본 고원[21] 채용시험을 생각하고 물어 보았다.

"말두 마시우……. 인제는 꼭 들어앉아 공부나 해가지고 변호사 시험이나 치겠소."

사람이 별로 변통성도 없고 그렇다고 여기저기 반연[22]도 없어 취직이 여의하게 되지 못하는 것을 볼 때에 P는 가엾은 생각이 늘 들곤 하였다.

"가만있게…… 어서 변호사 시험만 패스하게. 그러면 인제 내가 백만 원짜리 주식회사를 조직해 가지고 자네를 법률 고문으로 모셔옴세."

이것은 M이 늘 농 삼아 하는 농담이다. M도 일 년 동안이나 취직운동을 하면서 지냈건만 그는 되려 배포가 유하다. 조금 더 재빠르게 했으면 M은 벌써 취직이 되었을는지도 모르나 그는 타고난 배포와 그리고 남에게 아유구용[23]을 하

---

21 관청에서 사무를 돕기 위하여 두는 임시 직원.
22 얽히어 맺어지는 인연.
23 남에게 아첨하여 구차스럽게 굶. 또는 그런 행동.

기 싫어하는 성질로 말하자면 취직 전선의 낙오
자다.

별로 만나야 할 일도 없다. 그러나 제가끔 혼
자 있으면 우울해지니까 이렇게 서로 찾으며 자
주 만나게 된다.

만나 앉아서 이야기라도 지껄이면 그 동안
만은 명랑해진다. 지금 서울 안에 P니 M이니
H와 같이 매일 만나 하는 일 없이 돌아다니고 주
머니 구석에 돈푼 있으면 서로 털어 선술잔이나
먹고 하는 룸펜의 패가 수없이 많다.

무어나 일을 맡기었으면 불이 번쩍 일게 해낼
팔팔한 젊은 사람들이다. 그렇건만 그들은 몸을
비비 꼬고 있다.

아무 데도 용납치 못하는 사람들이다. ××적
××에서 그들을 불러들이기에는 ××적 ××
의 주관적 정세가 너무도 미약하다. 그것은 그들
의 몇 부분이 동경서 학생으로 있을 시절에는 그
속에서 활발하게 ××을 계속하던 것이 조선에

나오면서 탈리[24]되는 것으로 보아 그러한 해석을 내리지 아니할 수가 없다.

그렇다고 부르죠아지의 기성 문화기관에 들어가자니 그곳에서는 수요를 찾지 아니한다. 레디메이드로 된 존재들이니 아무 때라도 저편에서 필요해야만 몇씩 사들여 간다.

M이 마꼬를 꺼내놓고 붙여문다. P는 포켓 속에 들어 있는 해태를 차마 내놓기가 낯이 따가와 M의 마꼬를 집어 당겼다.

⋯⋯(원문 80여 자 탈락)⋯⋯

P는 설명을 시작한다. P 자신 그러한 장난 비슷한 공상을 하면서 일단 해보라고 하면 주저할 것이지만 어쨌거나 그랬으면 통쾌하리라는 것이다.

"먼첨[25] 경무국에 들어가서 아주 까놓고 이야기를 한단 말이야. 우리가 지금 대상으로 하는

---

24 벗어나 따로 떨어짐.
25 '먼저'의 방언.

것은 총독부가 아니라 조선의 소위 민간측 유지들이니까 간섭을 말아 달라고."

"그러면 관허(官許) 메이 데이로구만."

"그래 관허도 좋아…… 그래 가지고는 기에다가는 무어라고 쓰느냐 하면 '우리에게 향학열을 고취한 놈이 누구냐?'…… 어때?"

"좋―지."

"인테리에게 직업을 대라…… 이렇게 노래를 지어 부르거든."

……(원문 10여 자 탈락)……

"응…… 유지와 명사의 가면을 박탈시키라고…… 한 몇십 명이 그렇게 데모를 한단 말이야! 하하하하."

M은 이렇게 웃고 H는 시원찮은 핀잔을 준다.

"듣그럽소²⁶, 여보…… 아, 글쎄 멀끔멀끔한 양복쟁이들이 종로 네거리로 기를 받고 그렇게

---

26 소리가 듣기에 거슬리거나 듣기 싫다.

다녀 봐! 애들이 와서 나 광고지 한 장 주! 하잖
나."

"하하하하."

"허허허허."

창 밖에서 냉이 장수가 싸구려 소리를 외치고
지나간다. M이 그에 응하여,

"이크, 봄을 덤핑하는구나!"

"흠, 경제학자라 다르군……. 참 우리 하숙에
서는 채소를 좀 먹여주어야지!"

"밥값을 잘 내보지."

"그도 그렇지만."

"나는 석 달 치 밀렸네."

"나도 그렇게 될걸."

"그러니까 나처럼 이렇게 아파—트 생활을
해요."

이것은 P의 말이다. 아파—트라고 말해 놓고
서글퍼서 허허 웃었다.

"조선식 아파—트! 그렇지만 우리가 아파—

트 생활을 했다면 아마 두어 달 전에 굶어 죽었
을걸."

"나는 돈을 보면 초면 인사를 해야 되겠
네…… 본 지가 하도 오래라서 낯을 잊었어."

"여보게."

하고 M이 의젓하게 H를 달군다.

"돈 구경한 지 오래됐다지?"

"응."

"존 수가 있네."

"뭣?"

"자네 책 좀 삼사(三四)구락부에 보내세."

"싫으이."

"자네 돈 구경하고…… 구경하고 나서 그놈으
로 한잔 먹고…… 한잔 말이 났으니 말이지 요즘
같으면 술이나 실컷 먹고 주정이라도 했으면 속
이 시원하겠네."

"그러니까 말이야……. 가세. 가서 다섯 권만
잽혀."

"일없다."

"내가 찾아주지."

"흥."

"정말이야."

"싫어."

6

그날 밤.

P와 M은 H를 졸라 그의 법률책을 잡혀 돈 육 원을 만들어 가지고 나섰다.

선술집에 가서 엔간히 취하도록 먹은 뒤에 C 라는 카페에 가서 술 두 병을 놓고 자정이 되도록 노닥거렸다.

그곳에서 나올 때는 육 원 돈이 이 원 남았다. 이 원의 처치를 생각하다 세 사람은 일제히 동관으로 가기로 하였다.

세 사람이 모두 다리가 비틀거렸다. 그중에도

P는 더욱 취하였다.

널리리 가락으로 들어박힌 갈보집, 다 쓰러져 가는 초가집을 세 사람이 아는 집 들어서듯 쑥쑥 들어서니,

"들어옵시오."

"어서옵시오."

라고 머리 딴 계집애와 배가 북통 같은 애 밴 계집이 마루로 나선다.

P가 무심결에 해태갑을 꺼내어 붙여 무니까 머리 딴 계집애가 P의 목을 얼싸안고 볼에다 입을 쪽 맞추더니,

"나도 하나."

하고 손을 벌린다. P는 기가 막혀 담뱃갑을 내미는데 H와 M은 박수를 하며,

"부라보!"

하고 굉장하게 큰 소리로 외친다.

건넌방에 들어가 앉으니 마루에서 따그락따그락 소리가 난다.

배부른 계집은 푸대접을 받고 머리 딴 계집애가 H와 M의 손으로 옮아 다니면서 주물린다. 깩깩 소리를 지르며 엄살을 한다. 말을 붙이고 대답을 주고받고 하는 것이 H와 M은 전에 한 번 와 본 집인 듯하다.

술상이 들어왔다.

잔은 사발만 한데 술주전자는 눈알만 하다. 술을 부어놓으니 M이 척 받아놓고는 노래를 투정한다. 계집애는 그보다 더 약아서 제가 그 술을 쭉 들이마시고는 빈 잔만 M의 입에 대어준다.

P는 개숫물같이 밍밍한 술을 두어 잔 받아먹는 동안에 비위가 콱 거슬려서 진정하느라고 드러누웠다.

H가 계집애를 무릎에 올려놓고 신이 나게 노래를 부른다. 물론 고저도 장단도 맞지 아니하는 노래다.

M이 애 밴 계집을 실컷 시달려 주다가 머리 딴 계집애를 빼앗아 가더니 귀에 대고 무어라고

속삭거린다. 그러면서 둘이서 연해 P를 건너다
보며 싱긋벙긋 웃는다.

조금 있다가 계집애가 P에게로 오더니 귀에다
입을 대고 속삭인다.

"저이가 나더러 당신하고 오늘 저녁…… 응,
어때?"

"그래라."

P는 불쑥 성난 것처럼 대답했다.

"아이! 싱거워!"

계집애는 P를 한번 꼬집어 주고 다시 M에게
로 달아났다.

M에게로 가서 또 무어라고 속삭거리더니 재
차 와가지고는 귓속말을 한다.

"자고 가, 응."

"그래, 글쎄."

"꼭."

"응."

"정말."

"응."

술은 네 주전자가 들어왔는데 세 사람 손님은 두서너 잔씩밖에 아니 먹었다. 그 나머지는 다 저희가 먹었다. 계집애가 술이 곤주가 되게 취해가지고 해롱해롱 까분다.

술값을 치르는 것을 보고 P도 따라 일어섰다. M이 몸뚱이로 슬쩍 밀어서 방안으로 들여보내고 뒤에서 계집애가 양복 뒷깃을 잡아당긴다.

"그래라, 자고 간다."

P는 방 가운데 벌떡 드러누웠다.

"너희 집이 어디냐?"

계집애가 옆에 와서 앉는 것을 보고 P가 물었다.

"××도 ××."

"언제 왔니?"

"작년에."

P는 몸을 일으켰다. 또 속이 왈칵 뒤집혀 좀 더 진정하려고 하는 생각인데 계집애가 콱 밀어뜨린다.

"나이 몇 살이냐?"

"열여덟."

"부모는?"

"부모가 있으면 여기서 이 짓을 해?"

"왜 이 짓이 나쁘냐?"

"흥…… 나도 사람이야."

"에꾸! 나는 네가 신선인 줄 알았더니 인제 보니까 사람이로구나!"

"듣그러!"

계집애는 눈을 쪽 흘기고는 갑자기 웃으면서 P의 목을 끌어안는다.

"자고 가, 응."

"우리 마누라한테 볼기 맞고 쫓겨난다."

"그러면 나한테 와서 나하고 살지……. 여기 내 빚 팔십 원만 물어주면……"

"팔십 원이냐?"

"응."

"가겠다."

P는 또 일어나려는 것을 계집이 껴안고 놓지
아니한다.

"자고 가…… 내가 반했어."

"아서라."

"정말!"

"놓아."

"아니야, 안 놓아. 자고 가요, 응…… 자고……
나 돈 좀 주어."

"돈? 내가 돈이 있어 보이니?"

"돈 소리가 절렁절렁 나는데?"

미상불 P의 포켓 속에는 아까부터 잔돈 소리
가 가끔 잘랑거렸다.

"자고 나 돈 조—꼼 주고 가, 응."

"얼마나?"

"암만도 좋아…… 오십 전도, 아니 이십 전도."

계집애의 말이 떨어지기도 전에 P는 불에 데
인 것같이 벌떡 일어섰다. 일어서면서 그는 포켓
속에 손을 넣고 있는 대로 돈을 움켜쥐어 방바닥

에 홱 내던졌다. 일 원짜리 지전 두 장과 백동전이 방바닥에 요란스럽게 흐트러진다.

"앗다, 돈!"

내던지고는 P는 뛰어나왔다. 그의 눈에는 눈물이 고였다.

7

P는 정조(貞操)적으로 순진한 사나이가 아니다. 열네 살 때에 소꿉질 같은 장가를 갔고 그뒤 동경 가서 있을 동안에 거기 여자와 살림도 하였다.

조선에 돌아와 직업을 가지고 있는 사이에 기생과 사귀어 한동안 죽을둥살둥 모르게 지내기도 하였다.

그밖에도 정을 두어 지낸 여자가 두엇 더 있다. 그러나 삼십이 되도록 지금까지 유곽을 가거나 은근짜[27] 집을 가거나 동관의 색주가 집에 가서 잠자리를 한 일은 없다.

그것은 P의 괴벽이다. 어떠한 여자를 막론하고 그가 정이 들지 아니한 여자이면 절대로 관계를 아니한다는 것이다.

그 대신 한번 P의 눈에 들고 따라서 정이 들면 아무것도 돌아보지 아니하고 심각한 열정에 맡기어 완전히 그 여자를 움켜쥐어 버리며 또한 그 여자에게 전부를 내주어 버린다. 그리하여 그는 늘 올 오어 너싱(All or nothing)을 말한다.

이것이 처세상 퍽 이롭지 못한 것을 P도 잘 안다. 또 공연한 승벽이요 고집인 줄 알건만 그는 그것을 고치지 못한다.

이날 밤에도 그는 그 계집애를 조금도 어떻게 하겠다는 생각은 나지 아니하였다.

술 취한 끝에 속이 괴로우니까 진정을 하자는 판인데 '오십 전, 아니 이십 전도 좋아' 하는 소리

---

27 기생의 등급 중 중간급.

에 버쩍 흥분이 된 것이다.

너무도 인간이 단작스럽고[28] 악착스러운 것 같았다. P가 노상 보고 듣는 세상이 돈을 중간에 놓고 악착스럽게 아등바등하는 것임을 모르는 바는 아니나 정조 댓가로 일금 이십 전을 요구하는 것은 처음 보았다.

P는 그러한 여자가 정조를 파는 데 무신경한 것도 잘 알고 있으며, 따라서 그것이 비도덕이니 어쩌니 하는 것도 아니다.

그의 관점과 해석은 그런 것보다 더 나아간 입장에 있었다.

그러나 '이십 전만 주어도……' 소리에는 이것저것 생각하고 헤아릴 나위도 없었다. 더럽고 얄미우면서 눈물이 고였다. 삼 원쯤 되는 전재산을 털어 내던지고 정신없이 뛰어나온 것이다.

술 취한 P를 혼자 남겨둔 H와 M은 골목에 기

---

28 하는 짓이 보기에 치사하고 다라운 데가 있다.

다리고 서서 있었다. P가 뛰어나오는 것을 보고
그들은 우선 농을 건넨다.

"한턱 하오."

"장가간 턱 하게."

P는 고개를 흔들었다. 그리고 멍하니 서서 생
각을 하였다.

다분의 가면 밑에서 꿈틀거리는 인도주의에
몹시 증오를 느끼는 P는 이날 밤 자기의 행동을
어떻게 해석할지 몰라 괴로와하였다.

내일을 굶어야 할 그 돈이지만 돈이 아까운 것
이 아니다. 정조값으로 이십 전을 주어도 좋다는
데 왜 정조는 퇴하고 돈만 있는 대로 다 털어 주
었는가? 왜 눈에 눈물은 고였는가?

8

P는 머리가 띵하고 속이 뉘엿거리어 정신을
차릴 수가 없었다. 그는 두 친구에게 인사도 변변

히 하지 아니하고 코를 베인 듯이 삼청동으로 올라왔다. 어서 바삐 좀 드러눕고만 싶었던 것이다.

아무리 방구들은 차고 지저분하게 늘어놓았어도 제 처소는 반가운 것이다. 더구나 몸이 괴로울 때는!

P는 누더기 양복이나마 벗으려고도 아니하고 그대로 펴두었던 이부자리 속에 몸을 파묻었다. 드러누우니 취기가 새삼스레 더하여 영영 옷 벗을 생각도 잊어버리고 그대로 잠이 들었다.

얼마를 자고 났는지 괴로와 부대끼다 못하여 잠이 깨었을 때는 목이 타는 듯이 말랐다.

물은 없다. 물이 없어 못 먹느니라 생각하니 목은 더 말랐다.

밤은 어느 때나 되었는지 짐작할 수가 없다. 전등은 그대로 켜져 있다. 밖에서는 사람 지나다니는 발자국 소리도 들리지 아니한다. 전차 달리는 소리도 들리지 아니하고 가끔가다가 자동차의 경적이 딴 세상의 소리같이 감감하게 들리어 온다.

밤이 깊지 아니했으면 잠긴 안대문을 두드려 주인 노인에게라도 물을 청하겠지만 이 깊은 밤에 그리하기도 미안하다. 그것도 방세나 여일하게 내었을 제 말이지 얼굴 대하기를 이편에서 피하는 판에 차마 못 할 일이다.

물지게 장수의 삐득거리는 소리가 들리나 하고 귀를 기울였으나 감감히 소리가 없다.

목은 더욱더욱 말라 들어온다. 입술이 바싹 마르고 입안이 침기가 없고 목구멍이 바삭바삭 소리가 날 듯이 마르고, 그리고는 창자 속까지 말라 내려가는 듯하다.

방금 미칠 듯하다.

눈앞에 용용하게 흘러가는 푸른 한강이 어릿어릿하고 쏴— 쏟아지는 수통 꼭지가 보이는 듯하다.

P는 배고픈 고비는 많이 겪어보았으나 이대도록 목마른 참은 당하기 처음이다.

배는 고프면 기운이 없이 착 가라앉을 뿐이었

69

지만 목이 극도로 마름에는 금시 미치고 후덕 후
덕 날뛸 것 같다.

일어나서 삼청동 꼭대기로 올라가면 산골짜
기의 물도 있고 또 우물도 있기는 하다. 그러나
이 어두운 밤에 어디가 어디인지 보이지 아니할
테고 또 우물에는 두레박도 없을 것이다.

겨우겨우 참아가며 몇 시간을 삐대었다. 실상
한 시간도 못 되는 동안이지만 P에게는 여러 시
간인 듯만 싶었다.

그런 뒤에 겨우 물지게 소리를 듣고 그는 수통
있는 곳을 찾아 뛰어나갔다.

사정 이야기도 변변히 하지 아니하고 쏟아지
는 수통 꼭지에 매어달리어 한 동이는 되리만치
냉수를 들이켰다. 물장수가 어이가 없어 물끄러
미 치어다보고만 있다가 P의 끔벅하고 돌아서는
등 뒤에다 혀를 끌끌 찬다.

밥보다도 더 다급하게 그립던 물을 실컷 들이
켜고 나니 찌뿌드하게 엉킨 듯 불쾌하던 취기(醉

氣)도 적이 걷히고 정신이 말쑥하여졌다.

P는 새삼스레 양복을 벗어 던지고 다시 자리에 파묻혔다. 인제는 잠이 십 리나 달아나고 눈이 초랑초랑하여진다. 그러면서 어젯밤 일이 머리에 떠오른다.

그것은 마치 못 먹을 것을 먹은 것처럼 꺼림칙한 기억이다. 아무렇게나 씻어 넘겨 버리재도, 그러나 머리 한구석에 박혀 가지고 사라지려 하지 아니하는 어룽[29]과 같다. 어떻게 해서라도 시원스러운 해석을 내리고라야 마음이 놓일 것 같다.

정조 댓가로 일금 이십 전을 부르는 여자……

방금 세상에는 한번 정조를 빼앗긴 것으로 목숨을 버려 자살하는 여자도 있다. 그러는 한편 '이십 전도 좋소' 하는 여자가 있다.

여자의 정조가 그것을 잃었다고 자살을 하도

---

29 어룽어룽한 점이나 무늬. 또는 그런 점이나 무늬가 있는 짐승이나 물건.

록 그다지도 고귀한 것이라면 '이십 전에라도 팔겠소' 하는 여자가 눈을 멀끔멀끔 뜨고 살아 있는 사실은 무엇으로 설명할 것인가?

또 정조를 '이십 전에도 팔겠소' 하는 여자가 있도록 그것이 아무렇지도 아니한 것이라면 그것을 한 번 빼앗긴 때문에 생명을 내버리는 여자가 있는 것은 무엇으로 설명할 것인가?

이 두 여자가 모두 건전한 양심의 소유자라고 볼 수는 없다.

그러나 그 가운데 나무라기로 들면 차라리 정조를 빼앗긴 것으로 자살한 여자를 나무랄 것이지 '이십 전에 팔겠소' 하는 여자는 나무랄 수가 없다.

열여섯 살부터 시작하여 이래 삼 년이나 색주가 집으로 굴러다니는 여자다.

언제 누구에게 귀떨어진 도덕 관념이나 정당한 인생관을 얻어들은 적이 없을 것이다.

술잔을 들고 앉아 한 잔이라도 오는 손님에게

더 먹이어 한 푼어치라도 주인의 수입을 도와주면 칭찬이 오니 그만이다.

"고년 어여쁘다. 나하고 ××."

하고 손님이 말하면 그에 좇아 비록 조발(早發)일지언정 생리적 만족을 얻는 한편 그야말로 단돈 이십 전이라도 벌면 그만이다.

옆에서 그것을 시키기는 할지언정 그것이 나쁘다고 가르쳐 주는 사람이 있을 턱이 없는 것이다. 사실 일반 매춘부가 정조적으로 양심을 가진 듯이 보인다는 것은 그 대부분이 되레 한 가식에 지나지 못하는 것이다.

그것은 그들에게 있어서 일종의 정당성을 가진 노동인 것이다.

그러니까 그것을 보고 불쌍하다고 여기고 동정을 하는 것은 위문이 폐문[30]이다.

---

30 위문(慰問)이 폐문(弊問). 겉으로는 남을 위로하거나 걱정하는 것처럼 보이지만, 실제로는 쓸데없거나 해로운 경우를 뜻한다.

지금 세상은 정당한 성도덕이 서 있는 때도 아니다.

그것은 한 세대에 여러 가지의 시대 사조가 얼크러져 있는 때문이다. 그러니까 여자의 정조에 대하여도 일률적으로 선악과 시비를 가릴 수는 없는 것이다.

하룻밤 몸값으로 '이십 전도 좋소' 하는 여자, 그에게는 다른 사람이 갖는 성도덕도 없고 따라서 자신을 타락이래서 슬퍼하지도 아니한다.

그 여자 자신을 나무랄 필요도 없는 것이요, 동정할 며리[31]도 없는 것이다. 그 여자 자신은 결코 불쌍한 사람이 아니다.

예수의 사랑(?)도 아무리 그 사랑이 크고 넓다 했을지언정 그것은 '불쌍한 사람', '죄지은 사람'에게 미칠 수 있는 것이다.

'불쌍하지 아니한', '죄짓지 아니한' 동관의 색

---

31 '까닭'이나 '필요'.

주가 계집애에게는 누구의 동정이나 사랑도 일 없는 것이다.

'뭣? 관념적이라고?'

그렇다. 관념적이라도 할 수 없다. 그러나 그 것은 그 여자의 주관을 객관화한 것이다. 그러니 까 그것은 한 엄연한 현실이다.

……(원문 30여 자 탈락)……

또 그 병적 현실에 메스를 대는 것은 집단의 역사적 문제이지만 룸펜 인테리의 결벽과 흥분 쯤으로는 문제도 되지 아니한다.

다만 취객이 삼원 각수[32]를 던져주었으므로 해서 그 여자는 감격 없는 기쁨을 맛보았을 뿐일 것이다.

'이게 웬 떡이냐……. 어젯저녁에 꿈이 괜찮더 니 이런 땡을 잡을 양으루 그랬구나……. 웬 얼 간망둥이냐.'

---

32 '원'이나 '환' 단위 아래에 남는 몇 전이나 몇십 전을 이르는 말.

그 계집애는 응당 그렇게밖에는 더 생각되지 아니하였을 것이다. 그것이 결코 무리가 없는 당연한 일이다.

P는 여기까지 생각하고 입맛 쓴 고소를 띠었다.

'흥! 되지 못하게…… 장님이 눈병 앓는 사람더러 불쌍하다고 한 셈인가.'

P는 돌아누우면서 혀를 끌끌 찼다.

9

일천구백삼십사년의 이 세상에도 기적이 있다.

그것은 P가 굶어 죽지 아니한 것이다. 그는 최근 일주일 동안 돈이 생긴 데가 없다. 잡힐 것도 없었고 어디서 벌이한 적도 없다.

그렇다고 남의 집 문 앞에 가서 밥 한술 주시오 하고 구걸한 일도 없고 남의 것을 훔치지도 아니하였다.

그러나 그동안 굶어 죽지 아니하였다. 야위기

는 하였지만 그래도 멀쩡하게 살아 있다. P와 같은 인생이 이 세상에 하나도 없이 싹 치워진다면 근로하는 사람이 조금은 편해질는지도 모른다.

P가 소부르죠아지 축에 끼이는 인테리가 아니요 노동자였더라면 그동안 거지가 되었거나 비상수단을 썼을 것이다. 그러나 그에게는 그러한 용기도 없다. 그러면서도 죽지 아니하고 살아 있다. 그렇지만 죽기보다도 더 귀찮은 일은 그를 잠시도 해방시켜 주지 아니한다.

그의 아들 창선이를 올려보낸다고 어제 편지가 왔고 오늘은 내일 아침에 경성역에 당도한다는 전보까지 왔다.

오정 때 전보를 받은 P는 갑자기 정신이 난 듯이 쩔쩔매고 돌아다니며 돈 마련을 하였다. 최소한도 이십 원은…… 하고 돌아다닌 것이 석양 때 겨우 십오 원이 변통되었다.

종로에서 풍로니 냄비니 양재기니 숟갈이니 무어니 해서 살림 나부랭이를 간단하게 장만하여 가지고 올라오는 길에 전에 잡지사에 있을 때 알은 ××인쇄소의 문선[33] 과장을 찾아갔다.

월급도 일없고 다만 일만 가르쳐주면 그만이니 어린아이 하나를 써달라고 졸라댔다.

A라는 그 문선 과장은 요리조리 칭탈[34]을 하던 끝에 ― 그는 P가 누구 친한 사람의 집 어린애를 천거하는 줄 알았던 것이다.

"보통학교나 마쳤나요?"

하고 물었다.

"아―니요."

P는 솔직하게 대답하였다.

"나이 몇인데?"

"아홉 살."

"아홉 살?"

A는 놀래어 반문을 하는 것이다.

"기왕 일을 배울 테면 아주 어려서부터 배워

---

33 활판 인쇄에서 원고 내용대로 활자를 골라 뽑는 일.
34 무엇 때문이라고 핑계를 댐.

야지요."

"그래도 너무 어려서 원, 뉘집 애요?"

"내 자식놈이랍니다."

P는 그래도 약간 얼굴이 붉어짐을 깨달았다. A는 이 말에 가장 놀라운 듯이 입만 벌리고 한참이나 P를 물끄러미 바라다본다.

"왜? 내 자식이라고 공장에 못 보내란 법 있답디까?"

"아—니, 정말 그래요?"

"정말 아니고?"

"괜히 실없는 소리……! 자제라고 해야 들어줄 테니까 그러시지?"

"아니, 그건 그렇잖어요. 내 자식놈야요."

"그럼 왜 공부를 시키잖구?"

"인쇄소 일 배우는 것도 공부지."

"그건 그렇지만 학교에 보내야지."

"학교에 보낼 처지가 못 되고 또 보낸댔자 사람 구실도 못 할 테니까……."

"거 참 모를 일이오……. 우리 같은 놈은 이 짓을 해 가면서도 자식을 공부 시키느라고 애를 쓰는 데 되려 공부시킬 줄 아는 양반이 보통학교도 아니 마친 자제를 공장엘 보내요?"

"내가 학교 공부를 해본 나머지 그게 못쓰겠으니까 자식은 딴 공부 시키겠다는 것이지요."

"글쎄, 정 그러시다면 내가 내 자식 진배없이 잘 데리고 있으면서 일이나 착실히 가르쳐 드리다마는…… 원 너무 어린데 애차랍잖애요?"

"애차라운 거야 애비된 내가 더 하지요만 그것이 제게는 약이니까……."

P는 당부와 치하를 하고 인쇄소를 나왔다. 한 짐 벗어놓은 것같이 몸이 가뜬하고 마음이 느긋하였다.

그는 집으로 올라가는 길에 싸전에 쌀 한 말을 부탁하고 호배추35도 몇 통 사들었다. 그렁저렁

---

35 재래종에 대하여 개량한 결구배추를 이르는 말.

오 원을 썼다.

십 원 남은 중에 주인 노인에게 육 원을 내어 주니 입이 귀밑까지 째어진다. 그 끝에 P가 사 온 호배추를 내어주며 김치를 담가달라고 하니 선선히 응낙한다. 그리고 자식을 데리고 자취를 하겠다니까 깍두기야 간장이야 된장 같은 것을 아까운 줄 모르고 날라다 주고 한다.

10

이튿날 전에 없이 첫새벽에 일어난 P는 서투른 솜씨로 화롯밥을 지어놓고 정거장으로 나갔다.

그의 형에게서 온 편지에 S라는 고향 사람이 서울 올라오는 길에 따라 보낸다고 했으니까 P는 창선이보다도 더 낯이 익은 S를 찾았다.

과연 차가 식식거리고 들어서매 인간을 뱉아 내놓는 찻간에서 S가 창선이를 데리고 두리번거리며 내려왔다.

어디서 생겼는지 새까만 고구라 양복을 입고 이화표 붙은 학생 모자를 쓰고 거기다가 보따리를 하나 지고 무엇 꾸린 것을 손에 들고 차에서 내리는 어린아이…… 저게 내 자식이니라 생각하니 P는 어쩐지 속으로 얼굴이 붉어지며 한편 가엾기도 하였다.

S가 두 손에 짐을 가득 들고 두리번거리다가 가까이 온 P를 보고 반겨 소리를 지른다. 창선이가 모자를 벗고 학교식으로 경례를 한다. 얼굴은 너댓 살 적에 보던 것보다 더한층 저의 외가를 닮았다. P는 그것이 몹시 불만이었다.

"그새 재미나 좋았나?"

S의 하는 첫인사다.

"뭘 그저 그렇지……. 괜한 산 짐을 지고 오느라고 애썼네."

P는 이렇게 인사 겸 치하를 하였다.

"원, 천만에……! 그 애가 나이는 어려도 어떻게 속이 찼는지……. 너 늬 아버지 알아보겠니?"

S는 창선이를 돌아보며 웃는다. 창선이는 고개를 숙이고 수줍은지 아무 대답도 아니 한다.

P는 S와 창선이를 데리고 구름다리로 올라왔다.

"저희 외할머니가 저 양복이야 떡이야 모다 해가지고 자네 댁에까지 오셨더라네…… 오셔서 어제 떠나는데 정거장까지 나오셨는데 여러 가지 신신당부를 하시데…… 자네에게 전하라고."

S는 P가 그다지 듣고 싶지도 아니한 이야기를 뒤따라오며 늘어놓는다. 그의 가슴에는 옛날의 반감이 솟쳐 올랐다.

"별걱정 다 하던 게로군……. 내 자식 내가 어련히 할까 버 쫓아다니면서 그래!"

"그래도 노인들이라 어디 그런가…… 객지에서 혼자 있는데 데리고 있기 정 불편허거든 당신께로 도루 보내게 하라고 그러시데……."

"그집에 내 자식이 무슨 상관이 있어서 보내라는 거야……? 보낼 테면 그때 데려왔을라구

......."

　P는 그것이 모두 그와 갈린 아내의 조종인 줄
알기 때문에 더구나 심정이 났다. 화가 나는 대
로 하면 어린아이가 입고 온 양복도 벗겨 내던지
고 싶었으나 꿀꺽 참았다.

11

　일찍 맛보지 못한 새살림을 P는 시작하였다.
　창선이가 도착한 날 밤.
　창선이는 아랫목에서 색색 잠을 자고 있다. 외
롭게 꿈을 꾸고 있으려니 생각하매 전에 없던 애
정이 솟아오르는 듯하였다.
　이튿날 아침 일찍 창선이를 데리고 ××인쇄
소에 가서 A에게 맡기고 안 내키는 발길을 돌이
켜 나오는 P는 혼자 중얼거렸다.
　"레디메이드 인생이 비로소 겨우 임자를 만나
팔리었구나."

치숙(痴叔)

우리 아저씨 말이지요, 아따 저 거시키, 한참
당년에 무엇이냐 그놈의 것, 사회주의라더냐, 막
걸리라더냐, 그걸 하다 징역 살고 나와서 폐병
으로 시방 앓고 누웠는 우리 오촌 고모부 그 양
반……

머, 말두 마시오. 대체 사람이 어쩌면 글
쎄…… 내 원!

신세 간 데 없지요.

자, 십 년 적공, 대학교까지 공부한 것 풀어먹

지도 못했지요, 좋은 청춘 어영부영 다 보냈지요, 신분에는 전과자라는 붉은 도장 찍혔지요, 몸에는 몹쓸 병까지 들었지요.

이 신세를 해가지굴랑은 굴속 같은 오두막집 단간 셋방 구석에서 사시장철 밤이나 낮이나 눈 따악 감고 드러누웠군요.

재산이 어디 집 터전인들 있을 턱이 있나요. 서발막대[1] 내저어야 짚 검불 하나 걸리는 것 없는 철빈(鐵貧)인데.

우리 아주머니가, 그래도 그 아주머니가, 어질고 얌전해서 그 알량한 남편양반 받드느라 삯바느질이야, 남의 집 품빨래야, 화장품 장사야, 그 칙살스런 벌이를 해다가 겨우겨우 목구멍에 풀칠을 하지요.

어디루 대나 그 양반은 죽는 게 두루 좋은 일인데 죽지도 아니해요.

---

1 매우 긴 막대를 강조하여 이르는 말.

우리 아주머니가 불쌍해요. 아, 진작 한 나이라도 젊어서 팔자를 고치는 게 아니라, 무슨 놈의 우난 후분[2]을 바라고 있다가 고생을 하는지.

근 이십 년 소박을 당했지요.

이십 년을 섧은 청춘 한숨으로 보내고서 다아 늦게야 송장 여대치게[3] 생긴 그 양반을 그래도 남편이라고 모셔다가는 병수종 들으랴, 먹고 살랴, 애가 진하고 다니는 걸 보면 참말 가엾어요.

그게 무슨 죄다짐[4]이람? 팔자 팔자 하지만 왜 팔자를 고치지를 못하고서 그래요. 죄선(朝鮮) 구식 부인네들은 다아 문명을 못 하고 깨지를 못해서 그러지.

그 양반이 한시바삐 죽기나 했으면 우리 아주머니는 차라리 신세 편하리다.

심덕 좋겠다, 솜씨 얌전하겠다 하니, 어디 가

---

2 사람의 평생을 셋으로 나눈 것의 마지막 부분. 늙은 뒤의 운수
  나 처지를 이른다.
3 '뺨치다'의 방언.
4 죄에 대한 갚음.

선들 자기 일신 몸 가누고 편안히 못 지내요?

가만있자, 열여섯 살에 아저씨네 집으로 시집을 갔다니깐 그게 내가 세 살 적이니 꼬박 열여덟 해로군. 열여덟 해면 이십 년 아니오.

그때 우리 아저씨 양반은 나이 어리기도 했지만, 공부를 한답시고 서울로, 동경으로 십여 년이나 돌아다녔고, 조끔 자라서 색시 재미를 알 만하니까는 누가 이쁘달까 봐 이혼하자고 아주머니를 친정으로 쫓고는 통히[5] 불고[6]를 하고……

공부를 다 마치고 오더니만, 그담에는 그놈의 짓에 디립다 발광해 다니면서 명색 학생 출신이라는 딴 여편네를 얻어 살았지요. 그 여편네는 나도 몇 번 보았지만 쌍판대기라고 별반 출 수도 없이 생겼습디다. 그 인물로 남의 첩이야? 일색 소박은 있어도 박색 소박은 없다더니, 사실 소박

---

5 (주로 부정을 나타내는 말과 함께 쓰여) 아무리 해도.
6 돌아보지 아니함.

맞은 우리 아주머니가 그 여편네께다 대면 월등 예뻤다우.

그래 그 뒤에, 그 양반은 필경 붙들려 가서 오 년이나 전중이[7]를 살았지요. 그동안에 아주머니 는 시집이고 친정이고 모두 폭 망해서 의지가지 없이 됐지요.

그러니 어떻게 해요? 자칫하면 굶어 죽을 판 인데.

할 수 없이 얻어먹고 살기도 해야 하려니와, 또 아저씨 나오는 것도 기다려야 한다고 나를 반 연 삼아 서울로 올라왔더군요. 그게 그러니까 아 저씨가 나오던 그전 해로군.

그때 내가 나이는 어려도 두루 날뛴 보람이 있 어서 이내 구라다 상네 식모로 들어갔지요. 그 무렵에 참 내가 아주머니더러 여러 번 권면[8]을 했지요. 그러지 말고 개가(改嫁)를 가라고. 글쎄

---

7 징역살이하는 사람을 속되게 이르는 말.
8 알아듣도록 권하고 격려하여 힘쓰게 함.

어린 소견에도 보기에 퍽 딱하고 민망합니다.

계제에 마침 또 좋은 자리가 있었고요. 미네상이라고 미쓰꼬시 앞에서 바나나 다다끼우리〔投賣9〕를 하는 인데 사람이 퍽 좋아요.

우리집 다이쇼〔主人〕도 잘 알고 허는데, 그이가 늘 날 더러 죄선 오깜상하구 살았으면 좋겠다고, 중매 서달라고 그래쌌어요.

돈은 모아둔 게 없어도 다아 벌어먹고 살 만하니까 그런 사람 만나서 살면 아주머니도 신세 편할 게 아니냐구요.

그런 걸 글쎄, 몇 번 말해도 숭헌 소리 말라고 듣덜 않는 걸 어떡허나요.

아무튼 그런 것 말고라도 참, 흰말이 아니라 이날 이때까지 내가 그 아주머니 뒤도 많이 보아주었다우. 또 나도 그럴 만한 은공이 없잖아 있구요.

---

9 투매: 손해를 무릅쓰고 싼 값에 물건을 팔아버리는 것.

내가 일곱 살에 부모를 잃었지요. 그리고 나서 의탁할 곳이 없이 됐는데 그때 마침 소박을 맞고 친정살이를 하는 그 아주머니가 나를 데려다가 길러주었지요.

그때만 해도 그 집이 그다지 군색하게 지내든 안 했으니깐요. 아주머니도 아주머니지만 종조할머니며 할아버지도 슬하에 딴 자손이 없어서 나를 퍽 귀여워하셨지요.

열두 살까지 그 집에서 자랐군요.

사 년이나마 보통학교도 다녔고.

아마 모르면 몰라도 그 집안이 그렇게 치패(致敗)[10] 하지만 안했으면 나도 그냥 붙어 있어서 시방쯤은 전문학교까지는 다녔으리다.

이런 은공이 있으니까 나도 그걸 저바리지 않고 그래서 내 깜냥에는 갚을 만치 갚노라고 갚은 셈이지요.

———

10 살림이 아주 결딴남.

허기야 요새도 간혹 아주머니가 찾아와서 양식 없다는 사정을 더러 하군 하는데 실토정[11] 말이지 좀 성가시기는 해요.

그러는 족족 그 수응[12]을 하자면 내 일을 못하겠는걸. 그래 대개 잘라 떼기는 하지요.

그렇지만 그 밖에, 가령 양 명절 때면 고깃근이라도 사 보낸다든지, 또 오면가면 들러 이야기낱이라도 한다든지, 그런 걸 결단코 범연히 하든 않으니까요.

아무튼 그래서, 아주머니는 꼬박 일 년 동안 구라다 상네 집 오마니로 있으면서 월급 오 원씩 받는 걸 그래도 고스란히 저금을 하고, 또 틈틈이 삯바느질을 맡았다가 조끔씩 벌어 보태고, 또 나올 무렵에 구라다 상네 양주[13]가 퍽 기특하다고 돈 칠 원을 상급(賞給)으로 주고 그런 게 이력

---

11 사정이나 심정을 솔직하게 말함.
12 요구에 응함.
13 바깥주인과 안주인이라는 뜻으로, '부부'를 이르는 말.

저럭 돈 백 원이나 존존히 됐지요.

그 돈으로 방 한 칸 얻고 살림 나부랭이도 조금 장만하고, 그래 놓고서 마침 그 알량꼴량한 서방님이 뇌여 나오니까 그리루 모셔 들였지요.

뇌여 나는 날 나도 가서 보았지만, 가막소 문 앞에 막 나서자 아주머니가 기다리고 있으니까 그래도 눈물이 핑— 돌던데요.

전에 그렇게도 죽을둥살둥 모르고 좋아하던 첩년은 꼴도 안 뵈구요. 남의 첩년이라껀 다아 그런 거지요, 뭐.

우리 아저씨 양반은 혹시 그 여편네가 오지 않았나 하고 사방을 휘휘 둘러보던데요. 속이 그렇게 없다니까. 여편네는커녕 아주머니하구 나하구 그 외는 어리친 개새끼 한 마리 없드라.

그래 마악 자동차에 올라타려다가 피를 토했지요. 나중에 들었지만 가막소 안에서 달포 전부터 토혈을 했다나 봐요.

그래 다아 죽어가는 반송장을 업어 오다시피

해다가 뉘어 놓고, 그날부터 아주머니는 불철주야로, 할 짓 못할 짓 다 해가면서 부시대고[14] 날뛴 덕에 병도 차차로 차도가 있고 그러더니 인제는 완구히[15] 살아는 났지요. 뭐 참 시방은 용 꼴인걸요, 용 꼴.

부인네 정성이 무서운 겝다.

꼬박 삼 년이군. 나 같으면 돌아가신 부모가 살아오신대도 그 짓 못해요.

자, 그러니 말이지요. 우리 아저씨라는 양반이 작히나 양심이 있고 다아 그럴 양이면, 어—허, 내가 어서 바삐 몸이 충실해져서, 어서 바삐 돈을 벌어다가 저 아내를 편안히 거느리고, 이 은공과 전날의 죄를 갚아야 하겠구나…… 이런 맘을 먹어야 할 게 아니나요?

아주머니의 은공을 갚자면 발에 흙이 묻을세

---

14 '부스대다(가만히 있지 못하고 군짓을 하며 몸을 자꾸 움직이다)'의 방언.
15 어떤 상태가 완전하여 오래 견딜 수 있게. 또는 오래갈 수 있게.

라 업고 다녀도 참 못다 갚지요.

그러고 저러고 간에 자기도 인제는 속 차려야지요. 허기야 속을 차려서 무얼 하재도 전과자니까 관리나 또 회사 같은 데는 들어가지 못하겠지만, 그야 자기가 저지른 일인 걸 누구를 원망할일도 아니고, 그러니 막 벗어붙이고 노동이라도 해야지요.

대학교 출신이 막벌이 노동이라께 꼴 가관이지만 그래도 할 수 없지, 머.

그런 걸 보고 가만히 나를 생각하면, 만약 우리 종조할아버지네 집안이 그렇게 치패를 안해서 나도 전문학교나 대학교를 졸업을 했으면, 혹시 우리 아저씨 모양이 됐을지도 모를 테니 차라리 공부 많이 않고서 이 길로 들어선 게 다행이다…… 이런 생각이 들어요.

사실 우리 아저씨 양반은 대학교까지 졸업하고도 인제는 기껏 해먹을 게란 막벌이 노동밖에 없는데, 요 보통학교 사 년 겨우 다니고서도

시방 앞길이 환히 트인 내게다 대면 고쓰까이
[小使16)만도 못하지요.

아, 그런데 글쎄 막벌이 노동을 하고 어쩌고
하기는커녕 조금 바시시 살아날 만하니까 이 주
책꾸러기 양반이 무슨 맘보를 먹는고 하니, 내
참 기가 막혀!

아―니, 그놈의 것하구는 무슨 대천지 원수가
졌단 말인지, 어쨌다고 그걸 끝끝내 하지 못해서
그 발광인고?

그러나마 그게 밥이 생기는 노릇이란 말이지?
명예를 얻는 노릇이란 말이지, 필경은 붙잡혀 가
서 징역 사는 놀음?

아마 그놈의 것이 아편하구 꼭 같은가 봐요.
그렇길래 한번 맛을 들이면 끊지를 못하지요.

그렇지만 실상 알고 보면 그게 그다지 재미가
난다거나 맛이 있다거나 그런 것도 아니드군 그

---

16 소사: 관청이나 회사, 학교, 가게 따위에서 잔심부름을 시키기
    위하여 고용한 사람.

래요. 부랑당패든데요. 하릴없이 부랑당팹니다.

저어 서양 어디선가, 일하기 싫어하는 게름뱅이 몇 놈이 양지짝에 모여 앉아서 놀고먹을 궁리를 했더라나요. 우리 집 다이쇼가 다아 자상하게 이야기를 해줍디다.

게―그 녀석들이 서루 구논을 하기를, 자, 이 세상에는 부자가 있고 가난한 사람이 있고 하니 그건 도무지 공평한 일이 아니다. 사람이란 건 이목구비하며 사지육신을 꼭 같이 타고났는데, 누구는 부자로 잘살고 누구는 가난하다니 그게 될 말이냐. 그러니 부자가 가진 것을 우리 가난한 사람들하구 다 같이 고르게 나눠 먹어야 경우가 옳다.

야― 그거 옳은 말이다. 야― 그 말 좋다. 자―나눠 먹자.

아, 이렇게 설도를 해가지고 우― 하니 들고 일어났다는군요.

아―니, 그러니 그게 생 날부랑당놈의 짓이 아니고 무어요?

사람이란 것은 제가끔 분지복[17]이 있어서 기수(氣數)를 잘 타고나든지 부지런하면 부자가 되는 법이요, 복록을 못 타고나든지 게으른 놈은 가난하게 사는 법이요. 다아 이렇게 마련인데 그거야 말루 공평한 천리인 것을, 됩다 불공평하다 께 될 말이요? 그리구서 억지로 남의 것을 뺏아 먹자고 들다니 그놈들이 부랑당이지 무어요.

짓이 부랑당 짓일 뿐만 아니라, 또 만약에 그러기로 들면 게으른 놈은 점점 더 게으름만 부리고 쫓아다니면서 부자 사람네가 가진 것만 뺏아 먹을 테니 이 세상은 통으로 도적놈의 판이 될 게 아니요? 그나마, 부자 사람네가 모아둔 걸 다아 뺏기고 더는 못 먹어 내는 날이면 그때는 이 세상 망하는 날이 아니오?

저마다 남이 농사지어 놓으면 그걸 뺏아 먹으려고 일 않고 번둥번둥 놀 것이고, 남이 옷감 짜

---

17 각자 타고난 복.

놓으면 그걸 뺏아다가 입으려고 번둥번둥 놀 것이고 그럴 테니 대체 곡식이며 옷감이며 그런 것이 다아 어디서 나올 데가 있어야지요. 세상 망할밖에!

글쎄 그놈의 짓이 그렇게 세상 망쳐놀 장본인 줄은 모르고서 가난한 놈들— 그중에도 일하기 싫은 게으름뱅이들이 위선[18] 당장 부자 사람네 것을 뺏아 먹는다니까 거기 혹해 가지굴랑 너두 나두 와—하니 참섭[19]을 했다는구료.

바루 저 '아라사'가 그랬대요.

그래서 아니나 다를까 농군들이 곡식을 안 만들기 때문에 사람이 수만 명씩 굶어 죽는다는구료. 빠안한 이치지 뭐.

위선 먹기는 곶감이 달다고 그 지랄들을 했다가 잘코사니[20]야!

---

18 어떤 일에 앞서서.
19 어떤 일에 끼어들어 간섭함.
20 고소하게 여겨지는 일.

아 그런데 그 못된 놈의 풍습이 삽시간에 동서양 각국 안 간 데 없이 퍼져 가지굴랑 한동안 내지에도 마구 굉장히 드세게 돌아다녔고, 내지가 그러니까 멋도 모르는 죄선 영감상들도 덩달아서 그 숭내를 냈다나요.

그렇지만 시방은 그새 나라에서 엄하게 밝히고 금하고 한 덕에 많이 머츰해졌고 그런 마음 먹는 사람은 별반 없다나봐요.

그럴 게지 글쎄. 아, 해서 좋으량이면야 나라에선들 왜 금하며 무슨 원수가 졌다고 붙잡아다가 징역을 살리나요.

좋고 유익한 것이면 나라에서 도리어 장려하고, 잘할라치면 상급도 주고 그러잖아요.

활동사진이며 스모며 만자[21]이며 또 왓쇼왓쇼[22]랄지 세이레이 낭아시[23]랄지 라디오 체조랄지

---

21 만담.
22 '영차영차'의 일본어. 본문에서는 일본 전통 축제를 지칭.
23 7월 보름 제물을 강이나 바다에 띄우는 일본의 불교 행사.

이런 건 다아 유익한 것이니까 나라에서 설도도 하고 그리잖아요.

나라라는 게 무언데? 그런 걸 다아 잘 분간해서 이럴 건 이러고 저럴 건 저러라고 지시하고, 그 덕에 백성들을 제가끔 제 분수대루 편안히 살두룩 애써주는 게 나라 아니오?

그놈의 것 사회주의만 하더라도 나라에서 금하들 않고 저희가 하는 대루 두어두었어 보아? 시방쯤 세상이 무엇이 됐을지…….

다른 사람들도 낭패 본 사람이 많았겠지만, 위선 나만 하더라도 글쎄 어쩔 뻔했어! 아무 일도 다 틀리고 뒤죽박죽이지.

내 이상과 계획은 이렇거든요.

우리 집 다이쇼가 나를 자별히 귀여워하고 신용을 하니깐 인제 한 십 년만 더 있으면 한밑천 들어서 따루 장사를 시켜 줄 그런 눈치거든요.

그러거들랑 그것을 언덕 삼아 가지고 나는 삼십 년 동안 예순 살 환갑까지만 장사를 해서 꼭

십만 원을 모을 작정이지요. 십만 원이면 죄선 부자로 쳐도 천석꾼이니 머, 떵떵거리고 살 게 아니라구요?

그리고 우리 다이쇼도 한 말이 있고 하니까, 나는 내지인 규수한테로 장가를 들래요. 다이쇼가 다아 알아서 얌전한 자리를 골라 중매까지 서준다고 그랬어요. 내지 여자가 참 좋지요.

나는 죄선 여자는 거저 주어도 싫어요.

구식 여자는 얌전은 해도 무식해서 내지인하구 교제하는 데 안됐고, 신식 여자는 식자가 들었다는 게 건방져서 못 쓰고 도무지 그래서 죄선 여자는 신식이고 구식이고 다아 제에발이야요.

내지 여자가 참 좋지 머. 인물이 개개 일짜로 예쁘겠다, 얌전하겠다, 상냥하겠다, 지식이 있어도 건방지지 않겠다, 좋음이나 좋아!

그리고 내지 여자한테 장가만 드는 게 아니라 성명도 내지인 성명으로 갈고, 집도 내지인 집에서 살고, 옷도 내지 옷을 입고 밥도 내지 식으로 먹고, 아이들도 내지인 이름을 지어서 내지인 학교에 보내고……

내지인 학교래야지 죄선 학교는 너절해서 아이를 버려놓기나 꼭 알맞지요.

그리고 나도 죄선말은 싹 걷어치우고 국어만 쓰고요.

이렇게 다아 생활법식부텀도 내지인처럼 해야만 돈도 내지인처럼 잘 모으게 되거든요.

내 이상이며 계획은 이래서 그 십만 원짜리 큰 부자가 바루 내다뵈고, 그리루 난 길이 환하게 트이고 해서 나는 시방 열심으로 길을 가고 있는데, 글쎄 그 미쳐 살기 든 놈들이 세상 망쳐 버릴 사회주의를 하려 드니 내가 소름이 끼칠 게 아니라구? 말만 들어도 끔찍하지!

세상이 망해서 뒤집히면 그래 나는 어쩌란 말인구? 아무것도 다아 허사가 될테니 그런 억울할 데가 있드람?

머 참, 우리 집 다이쇼 말이 일일이 지당해요.

여느 절도나 강도나 사기나 그런 죄는 도적이면 도적을 해가는 그 당장, 그 돈만 축을 내니까 오히려 죄가 가볍지만, 그놈의 것 사회주의인지 지랄인지는 온 세상을 뒤죽박죽을 만들어 놓고 나라를 통째로 소란하게 하니까 도저히 용서할 수가 없대요.

용서라니! 나 같으면 그런 놈들은 모주리 쓸어다가 마구 그저 그냥……

그런 일을 생각하면 털어놓고 말이지 우리 아저씨가 그 양반도 여간 불측스리 뵈들 않아요. 사실 아주머니만 아니면 내가 무슨 천주학이라고, 나쁜 병까지 앓는 그 양반을 찾아다니나요. 죽는대도 코도 안 풀어 붙일걸.

그러나마 전자의 죄상을 다아 회개를 하고 못된 마음은 씻어바렸을 제 말이지, 머 흰 개꼬리 삼 년이라더냐, 종시 그 모양인걸요.

그러니깐 그가 밉살머리스러워서, 더러 들렀

다가 혹시 마주 앉아도 위정[24] 뼈끝 저린 소리나 내쏘아 주고 말을 따잡아 가지굴랑 꼼짝 못하게 시리 몰아세워 주곤 하지요.

저번에도 한번 혼을 단단히 내주었지요. 아, 그랬더니 아주머니더러 한다는 소리가, 그 녀석 사람 버렸더라고, 아무짝에고 못쓰게 길이 들었더라고 그러더라나요.

내 원, 그 소리 듣고 하두 어처구니가 없어서!

대체 사람도 유만부동이지, 그 아저씨가 날더러 사람 버렸느니 아무짝에도 못쓰게 길이 들었느니 하더라니, 원 입이 몇 개나 되면 그런 소리가 나오는 구멍도 있누?

죄선 벙어리가 다아 말을 해도 나 같으면 할 말 없겠더구먼서두, 하면 다아 말인 줄 아나 봐?

이를테면 그게 명색 훈계 비슷한 거렸다? 내게다가 맞대놓고 그런 소리를 하다가는 되잽혀

---

24 '일부러'의 방언(함경).

서 혼이 날 테니까 슬며시 아주머니더러 일르란
요량이던 게지?

　기가 막혀서…… 하느님이 사람의 콧구멍 두
개로 마련하기 참 다행이야.

　글쎄 아무려면 내가 자기처럼 다아 공부는 못
하고 남의 집 고조(小僧[25]) 노릇으로 반또(番頭[26])
노릇으로 이렇게 굴러먹을 값에, 이래 보여도 표
창을 두 번이나 받은 모범 점원이요, 남들이 똑
똑하고 재주 있고 얌전하다고 칭찬이 놀랍고, 앞
길이 환히 트인 유망한 청년인데, 그래 자기 눈
에는 내가 버린 놈이고 아무짝에도 못쓰게 길이
든 놈으로 보였단 말이지?

　하하, 오옳지! 거 참 그렇겠군. 자기는 자기 하
는 짓이 옳으니까 나의 하는 짓은 다아 글렀단
말이렷다?

　그러니까 나도 자기처럼 그놈의 것 사회주의

25 나이 어린 점원. 심부름꾼.
26 (상점, 여관 등의) 지배인.

지 급살맞을 것인지나 하다가 징역이나 살고 전
과자나 되고 폐병이나 앓고, 다아 그랬더라면 사
람 버리지도 않고 아무짝에도 못쓰게 길든 놈도
아니고 그럴 뻔했군 그래!

홍! 참……

제 밑 구린 줄 모르고서 남더러 어쩌구저쩌구
한다는 게, 꼭 우리 아저씨 그 양반을 두고 일른
말인가 봐.

그날도 실상 이랬더라우. 혼을 내주었더니 아
주머니더러 그런 소리를 하더란 그날 말이요.

그날이 마침 내가 쉬는 날이길래 아주머니더
러 할 이야기도 있고 해서 아침결에 좀 들렀더
니, 아주머니는 남의 혼인집으로 바느질을 해주
러 갔다고 없고, 아저씨 양반만 여전히 아랫목에
가서 드러누웠어요.

그런데 보니깐 어디서 모두 뒤져냈는지 머리
맡에다가 헌 언문 잡지를 수북이 쌓아놓고는 그
걸 뒤져요.

그래 나도 심심삼아 한 권 집어 들고 떠들어 보았더니 머 읽을 맛이 나야지요.

대체 죄선 사람들은 잡지 하나를 해도 어찌 모두 그 꼬락서니로 해놓는지.

사진도 없지요, 망가(漫畵)도 없지요.

그리구는 맨판 까달스런 한문 글자로다가 처박아 놓으니 그걸 누구더러 보란 말인고?

더구나 우리 같은 놈은 언문도 그런대루 뜯어보기는 보아도 읽기에 여간만 폐롭지가[27] 않아요.

그러니 어려운 언문하고 까다로운 한문하고를 섞어서 쓴 글을 뜻을 몰라 못 보지요. 언문으로만 쓴 것은 소설 나부랭인데, 읽기가 힘이 들 뿐 아니라 또 죄선 사람이 쓴 소설이란 건 재미가 있어야죠. 나는 죄선 신문이나 죄선 잡지하구는 담쌓고 남 된 지 오랜걸요.

---

27 폐롭다: 성가시고 귀찮다.

잡지야 머 《킹구》[28]나 《쇼넹구라부》[29] 덮어 먹을 잡지가 있나요. 참 좋아요.

한문 글자마다 가나[30]를 달아 놓았으니 어떤 대문을 척 퍼들어도 술술 내리읽고 뜻을 횅하니 알 수가 있지요.

그리고 어떤 대문을 읽어도 유익한 교훈이나 재미나는 소설이지요.

소설 참 재미있어요. 그 중에도 기꾸지 깡(菊池寬[31]) 소설…… 어쩌면 그렇게도 아기자기하고도 달콤하고도 재미가 있는지. 그리고 요시가와 에이지(吉川英治), 그의 소설은 진쩐바라바라 하는 지다이모노(時代物)인데 마구 어깻바람이 나구요.

소설이 모두 그렇게 재미가 있지요, 망가가 많

_____

28 일본의 대중 잡지.
29 일본의 소년 대상 월간 잡지.
30 후리가나(振り仮名). 한자의 읽는 방법(발음)을 가나 문자로 표시한 것.
31 일본 소설가 기쿠치 칸.

지요, 사진이 많지요, 그리구도 값은 조음 헐하나요. 십오 전이면 바루 고 전달 치를 사볼 수 있고 보고 나서는 오 전에 도루 파는데요.

잡지도 기왕 할려거든 그렇게나 해야지 죄선 사람들은 제엔장 큰소리는 곧잘 하더구만서두 잡지 하나 반반한 거 못 맨들어내니!

그날도 글쎄 잡지가 그 꼴이라 아예 글을 볼 멋도 없고 해서 혹시 망가나 사진이라도 있을까 하고 책장을 후루루 넹기느라니깐 마침 아저씨 이름이 있겠다요! 하두 신통해서 쓰윽 펴 들고 보았더니 제목이 첫 줄은, 경제·사회…… 무엇 어쩌구 잔주를 달아났겠지요.

그것만 보아도 벌써 그럴듯해요. 경제는 아저 씨가 대학교에서 경제를 배웠다니까 경제 속은 잘 알 것이고, 또 사회는, 그것 역시 사회주의를 했으니까, 그 속도 잘 알 것이고, 그러니까 경제 하고 사회주의하고 어떻게 서루 관계가 되는 것 이며 어느 편이 옳다는 것이며 그런 소리를 썼을

게 분명해요.

머, 보나 안 보나 속이야 빠안하지요. 대학교까지 가설랑 경제를 배우고도 돈 모을 생각은 않고서 사회주의만 하고 다닌 양반이라 경제가 그르고 사회주의가 옳다고 우겨댔을 게니간요.

아무렇든 아저씨가 쓴 글이라는 게 신기해서 좀 보아볼 양으로 쓰윽 훑어봤지요. 그러나 웬걸 읽어 먹을 재주가 있나요.

글자는 아주 어려운 자만 아니면 대강 알기는 알겠는데, 붙여보아야 대체 무슨 뜻인지를 알 수가 있어야지요.

속이 상하길래 읽어보자던 건 작파[32]하고서 아저씨를 좀 따잡고 몰아셀 양으로 그 대목을 차악 펴놨지요.

"아저씨?"

"왜 그러니?"

---

32 어떤 계획이나 일을 중도에서 그만두어 버림.

"아저씨가 여기다가 경제 무어라구 쓰구 또, 사회 무어라구 썼는데, 그러면 그게 경제를 하란 뜻이요? 사회주의를 하라는 뜻이요?"

"뭐?"

못 알아듣고 뚜렷뚜렷해요[33]. 자기가 쓰고도 오래돼서 다아 잊어버렸거나, 혹시 내가 말을 너무 까다롭게 내기 때문에 섬뻑 대답이 안 나왔거나 그랬겠지요. 그래 다시 조곤조곤 따졌지요.

"아저씨! 경제라 것은 돈 모아서 부자 되라는 거 아니요? 그런데 사회주의란 것은 모아둔 부자 사람의 돈을 뺏아 쓰는 거 아니요?"

"이 애가 시방!"

"아—니, 들어보세요."

"너, 그런 경제학, 그런 사회주의 어디서 배웠니?"

"배우나마나, 경제란 건 돈 많이 벌어서 애껴

───────
33 눈을 굴리며 여기저기 살피다.

쓰구 나머지 모아 두는 게 경제 아니요?"

"그건 보통, 경제한다는 뜻으로 쓰는 경제고, 경제학이니 경제적이니 하는 건 또 다르다."

"다른 게 무어요? 경제는, 돈 모으는 것이고 그러니까 경제학이면 돈 모으는 학문이지요."

"아니란다. 혹시 이재학(理財學)이라면 돈 모으는 학문이라고 해도 근리(近理)할지[34] 모르지만 경제학은 그런 게 아니란다."

"아―니, 그렇다면 아저씨 대학교 잘못 다녔소. 경제 못 하는 경제학 공부를 오 년이나 했으니 그거 무어란 말이요? 아저씨가 대학교까지 다니면서 경제 공부를 하구두 왜 돈을 못 모으나 했더니, 인제 보니깐 공부를 잘못해서 그랬군요!"

"공부를 잘못했다? 허허. 그랬을는지도 모르겠다. 옳다, 네 말이 옳아!"

---

34 이치에 거의 맞다.

이거 봐요, 글쎄. 담박 꼼짝 못 하잖나. 암만 대
학교를 다니고, 속에는 육조를 배포했어도 그렇
다니깐 글쎄……

"아저씨?"

"왜 그러니?"

"그러면 아저씨는 대학교를 다니면서 돈 모아
부자 되는 경제 공부를 한 게 아니라 모아둔 부
자 사람네 돈 뺏아 쓰는 사회주의 공부를 했으니
말이지요…….'

"너는 사회주의가 무얼루 알구서 그러냐?"

"내가 그까짓 걸 몰라요?"

한바탕 주욱 설명을 했지요.

내 얼굴만 물끄러미 올려다보고 누웠더니 피
쓱 한번 웃어요. 그리고는 그 양반이 하는 소리
겠다요.

"그게 사회주의냐? 불한당이지."

"아—니, 그럼 아저씨두 사회주의가 부랑당인
줄은 아시는구려?"

"내가 언제 사회주의가 불한당이랬니?"

"방금 그리잖았어요?"

"글쎄, 그건 사회주의가 아니라 불한당이란 그 말이다."

"거 보시우! 사회주의란 것은 그렇게 날부랑당이어요. 아저씨두 그렇다구 하면서 아니시래요?"

"이 애가 시방 입심 겨룸을 하재나!"

이거 봐요. 또 꼼짝 못 하지요? 다아 이래요 글쎄……

"아저씨?"

"왜 그러니?"

"아저씨두 맘 달리 잡수시오."

"건 어떻게 하는 말이야?"

"걱정 안 되시우?"

"날 같은 사람이 걱정이 무슨 걱정이냐? 나는 네가 걱정이더라."

"나는 머 버젓하게 요량이 있는걸요."

"어떻게?"

"이만저만한가요!"

또 한바탕 주욱 설명을 했지요. 이 얘기를 다
아 듣더니 그 양반 한다는 소리 좀 보아요.

"너두 딱한 사람이다!"

"왜요?"

"……"

"아—니, 어째서 딱하다구 그러시우?"

"……"

"네? 아저씨."

"……"

"아저씨?"

"왜 그래?"

"내가 딱하다구 그리셨지요?"

"아니다. 나 혼자 한 말이다."

"그래두……"

"이애!"

"네?"

"사람이란 것은 누구를 물론허구[35] 말이다, 아첨하는 것같이 더러운 게 없느니라."

"아첨이요?"

"저…… 위로는 제왕, 밑으로는 걸인, 그 모든 사람이 위선 시방 이 제도의 이 세상에서 말이다, 제가끔 제 분수대루 살아가는 데 있어서 말이다, 제 개성을 속여가면서꺼정 생활에다가 아첨하는 것같이 더러운 것이 없고, 그런 사람같이 가련한 사람은 없느니라. 사람이라껀 밥 두 그릇이 하필 밥 한 그릇보다 더 배가 부른 건 아니니까."

"그건 무슨 뜻인데요?"

"네가 일본인 여자와 결혼을 해서 성명까지 갈고 모든 생활법도를 일본화하겠다는 것이 말이다."

"네, 그게 좋잖아요?"

"그것이 말이다. 진실로 깊은 교양이나 어진

---

35 말할 것도 없다.

지혜의 판단에서 우러나온 것이라면 그도 모를 노릇이겠지. 그렇지만 나는 보매, 네가 그런다는 것은 다른 뜻으로 그러는 것 같다."

"다른 뜻이라니요?"

"네 주인의 비위를 맞추고, 이웃의 비위를 맞추고 하자고……"

"그야 물론이지요! 다이쇼의 신용을 받아야 하고 이웃 내지인들하구두 좋게 지내야지요. 그래야 할 게 아니겠어요?"

"……"

"아저씨는 아직두 세상 물정을 모르시요. 나이는 나보담 많구 대학교 공부까지 했어도 일찌감치 고생살이를 한 나만큼 세상 물정은 모릅니다. 시방이 어느 세상인데 그러시우?"

"이애!"

"네?"

"네가 방금 세상물정이랬지?"

"네."

"앞길이 환하니 틔었다구 그랬지?"

"네."

"환갑까지 십만 원 모은다구 그랬지?"

"네."

"네가 말하려는 세상물정하구 내가 말하려는 세상물정하구 내용이 다르기도 하지만 세상물정이란 건 그야말로 그리 만만한 게 아니다."

"네?"

"사람이라건 제아무리 날구 뛰어도 이 세상에 형적36없이 그러나 세차게 주욱 흘러가는 힘— 그게 말하자면 세살물정이겠는데— 결국 그것의 지배하에서 그것을 따라가지, 별수가 없는 거다."

"네?"

"쉽게 말하면 계획이나 기회를 아무리 억지루 만들어놓아도 결과가 뜻대루는 안 된단 말이다."

---

36 사물의 형상과 자취를 아울러 이르는 말. 또는 남은 흔적.

"젠장, 아저씨두…… 요전 《킹구》라는 잡지에 두 보니까, 나폴레옹이라는 서양 영웅이 그랬답 디다. 기회는 제가 만든다구, 그리고 불가능이란 말은 바보의 사전에서나 찾을 글자라구요. 아 자꾸자꾸 계획하구 기회를 만들구 해서 분투 노력 해 나가면 이 세상 일 안 되는 일이 어디 있나요? 한번 실패하거든 갑절 용기를 내가지구 다시 일 어서지요. 칠전팔기 모르시오?"

"나폴레옹도 세상물정에 순응할 때는 성공했 어도, 그것에 거슬리다가 실패를 했더란다. 너는 칠전팔기해서 성공한 몇 사람만 보았지, 여덟 번 일어섰다가 아홉 번째 가서 영영 쓰러지구는 다 시 일지 못한 숱한 사람이 있는 건 모르는구나?"

"그래두 인제 두구 보시우. 나는 천하 없어두 성공하구 말 테니…… 아저씨는 그래서 더구나 못써요. 일해 보기두 전에 안 될 줄로 낙심 먼저 하구……"

"하늘은 꼭 올라가 보구래야만 높은 줄 아니?"

원 마지막 가서는 할 소리가 없으니깐 동에도 닿지 않는 비유를 가져다 둘러대는 걸 보아요. 그게 어디 당한 말인구? 안 올라가 보면 머 하늘 높은 줄 모를 천하 멍텅구리도 있을까? 그만해 두려다가 심심하길래 또 말을 시켰지요.

"아저씨?"

"왜 그래?"

"아저씨는 인제 몸 다아 충실해지면 어떡허실 려우?"

"무얼?"

"장차……"

"장차?"

"어떡허실 작정이세요?"

"작정이 새삼스럽게 무슨 작정이냐?"

"그럼 아저씨는 아무 작정 없이 살아가시우?"

"없기는?"

"있어요?"

"있잖구."

"무언데요?"

"그새 지내오던 대루……"

"그러면 저 거시키, 무엇이냐 도루 또
그걸……?"

"그렇겠지."

"아저씨?"

"……"

"아저씨?"

"왜 그래?"

"인제 그만두시우."

"그만두라구?"

"네."

"누가 심심소일루 그러는 줄 아느냐?"

"그러잖구요?"

"……"

"아저씨?"

"……"

"아저씨?"

"왜 그래?"

"아저씨 올해 몇이지요?"

"서른셋."

"그러니 인제는 그만큼 해두고 맘 잡아서 집 안일 할 나이두 아니요?"

"집안일을 해서 무얼 하나?"

"그러기루 들면 그 짓은 해서 또 무얼 하나요?"

"무얼 하려구 하는 게 아니란다."

"그럼, 아무 희망이나 목적이 없으면서 그 래요?"

"목적? 희망?"

"네."

"개인의 목적이나 희망은 문제가 다르니 까…… 문제가 안 되니까……"

"원, 그런 법도 있나요?"

"법?"

"그럼요!"

"법이라……!"

"아저씨?"

"……"

"아저씨?"

"왜 그래?"

"아주머니가 고맙잖습디까?"

"고맙지."

"불쌍하지요?"

"불쌍? 그렇지, 불쌍하다면 불쌍한 사람
이지!"

"그런 줄은 아시누만?"

"알지."

"알면서 그러시우?"

"고생을 낙으로, 그 쓰라린 맛을 씹고 씹고 하
면서 그것에서 단맛을 알아내는 사람도 있느니
라. 사람도 있는 게 아니라, 사람마다 무슨 일에
고 진정과 정신을 꼬박 거기다만 쓰면 그렇게
되는 법이니라. 그러니까 그쯤 되면 그때는 고생
이 낙이지. 너희 아주머니만 두고 보더라도 고생

이 고생이면서도 고생이 아니고 고생하는 게 낙이란다."

"그렇다고 아저씨는 그걸 다행히만 여기시우?"

"아—니."

"그렇거들랑 아저씨두 아주머니한테 그 은공을 더러는 갚아야 옳을 게 아니요?"

"글쎄, 은공을 모르는 건 아니지만……"

"그러니 인제 병이나 확실히 다아 나신 뒤엘라컨……"

"바빠서 원……"

글쎄 이 한다는 소리 좀 보지요? 시치미 뚜욱 떼고 누워서 바쁘다는군요!

사람 속 차릴 여망 없어요. 그저 어디루 대나 손톱만치도 쓸모는 없고 남한테 사폐[37]만 끼치고 세상에 해독만 끼칠 사람이니, 머 하루바삐

---

37 일의 폐단.

죽어야 해요. 죽어야 하고 또 죽어서 마땅해요.
그런데 글쎄 죽지를 않고 꼼지락꼼지락 도루 살
아나니 성화라구는, 내……

　　채만식은 일제강점기와 해방 전후의 격동기
를 거치며 시대의 모순을 해부한 사실주의 작가
이자 풍자 문학의 대가로 꼽힌다. 그는 식민지
사회의 부조리, 지식인 계층의 무능과 허위, 그
리고 소시민의 속물성을 웃음과 아이러니 속에
담아내며 요즘 말로 '웃픈 현실 비판'을 가능하
게 했다. 1920년대 중반부터 창작 활동을 시작
한 채만식은 1930년대 들어 식민지 자본주의가
낳은 사회 문제와 인간 소외를 본격적으로 다루

며 풍자적 사실주의 문학의 정점을 찍었다.

채만식의 작품에는 식민지 조선 지식인의 좌절이 자주 등장한다. 그는 일본 제국주의의 억압적 통치와 자본주의 질서가 인간의 존엄과 가치를 어떻게 왜곡시키는지, 특히 지식인의 사상적 무력감을 날카롭게 묘사했다. 그러나 이러한 묘사는 무겁고 암울한 방식이 아닌, 해학과 풍자로 이루어져 오히려 더 직설적으로 다가온다. 그는 인간의 위선을 폭로하면서 그 속에 담긴 시대의 비극성을 면밀히 조명했다.

문체 면에서도 채만식은 구어체, 방언, 속담을 적극 활용해 인물 간 대사와 서술을 생생히 구현했다. 인물의 계층적 특성과 심리를 잘 드러내는 구어적 문체는 독자로 하여금 작품을 '살아 있는 이야기'로 받아들이게 한다. 또한 그는 해학적 어조와 현실감 넘치는 대화를 통해, 당대 사회의 풍경을 사실적으로 기록하고 비판하는 데 누구보다 탁월했다.

알파벳으로 표기된 지식인의 몰락

1934년 작 〈레디메이드 인생〉은 채만식 특유의 풍자적 필치가 돋보이는 작품으로, 특히 사회의 구조적 모순과 지식인의 무력감을 압축적으로 보여주는 작품이다.

이 작품의 주인공은 'P'로 서술되며, 주변 인물 중 특히 지식인들은 K 사장, C, M, H와 같이 알파벳 이니셜로 표기된다. 이것은 이 이야기가 특정 개인이 아닌, 당시 조선 지식인 모두의 현실을 상징한다는 점을 암시한다.

'레디메이드'는 원래 '기성품' 또는 '공장에서 대량 생산되는 완제품'을 뜻하지만, 이 작품에서는 식민지 사회에서 쓸모없어져 버린 지식인의 상품화된 운명을 풍자적으로 가리킨다. 작품 속 'P'는 일본 유학을 다녀온 엘리트임에도 불구하고 식민지 조선의 척박한 취업 현실 속에서 번번이 실패하고 좌절한다. 주인공은 처음에는 자

존심을 지키려 했으나, 취업 실패와 반복되는 굴욕을 겪으며 점차 생존을 위해 타협하고 굴종하게 된다. 채만식은 이를 해학적으로 묘사하면서, 식민지 사회가 지식인을 어떻게 '잉여 인력'으로 취급하는지를 냉정하게 드러냈다.

무능한 지식인과 파렴치한 기회주의자에 대한 이중 풍자

1938년 작 〈치숙〉은 채만식이 창조한 무기력한 지식인의 전형을 보여주는 작품이다. 주인공은 이름조차 없이 '어리석은 아저씨'라는 뜻의 '치숙'이라 불리는데, 이는 당시 지식인 집단의 무능과 나태함을 상징하는 호칭으로 볼 수 있다. 치숙은 일본 유학을 다녀온 '지식인'이지만, 사회주의 운동을 하다 징역살이를 한 뒤로 가족과 친척의 도움에 기대어 연명하는 무력한 존재다. 화자의 기회주의적 태도를 꼬집는 인물인 동시에 이상에 매달려 삶의 근간을 지키지 못했단 점에서 비난받는 인물이다.

채만식은 치숙의 한심한 모습을 해학적으로 묘사하며, 당시 지식인 계층이 식민지 현실 속에서 얼마나 무력하게 소외되었는지를 드러낸다. 특히 토속적 대화체와 구어적 표현을 적극 활용해 인물들의 대화를 박진감 넘치게 재현했다. 치숙의 무능은 개인적 문제를 넘어, 지식과 행동이 괴리된 식민지 지식인의 병리를 풍자적으로 압축하고 있다. 이 작품은 실소를 자아내면서도, 지식인 계층의 자기기만과 시대적 무기력에 대해 예리한 비판을 던진다.

한편 화자로 등장하는 조카는 치숙의 대척점에 서 있는 인물로, 현실 감각이 빠르고 계산적인 인간의 전형이다. 이는 무능한 치숙과 대조를 이루며 당시 식민지 사회의 다른 한켠에 팽배해 있던 속물성과 기회주의적 풍조를 대변한다.

해방 이후 채만식 문학

이 시기 채만식의 문학은 식민지 시대의 풍자적 리얼리즘을 계승하면서도, 해방 공간에서 드러난 혼란과 모순을 통렬하게 비판하는 방향으로 나아갔다. 그러나 그는 일제강점기 말기에 친일 문학에 가담한 전력이 있었고, 이에 대한 자기반성과 시대적 죄책감을 작품 속에 드러냈다. 특히 〈민족의 죄인〉에서는 친일 경력을 지닌 지식인의 내면 갈등을 통해 자신의 죄의식과 사회적 단죄를 문학적으로 형상화하였으며, 〈해방 후〉 등에서는 해방 직후의 혼란, 기회주의, 도덕적 타락을 풍자했다. 이처럼 해방 이후의 채만식은 과거에 대한 참회와 새로운 시대에 대한 비판적 성찰을 문학으로 표현했다.

실존과 경계 시리즈 07

레디메이드 인생

초판 1쇄 발행 2025년 9월 30일

지은이 채만식
펴낸이 이혜경
기획·관리 김혜림
편집 변묘정, 박은서
디자인 여혜영
마케팅 양예린

펴낸곳 니케북스
출판등록 2014년 4월 7일 제300-2014-102호
주소 서울시 종로구 새문안로 92 광화문 오피시아 1717호
전화 (02) 735-9515
팩스 (02) 6499-9518
전자우편 nikebooks@naver.com
블로그 blog.naver.com/nikebooks
페이스북 facebook.com/nikebooks
인스타그램 (니케북스) @nike_books
(니케주니어) @nikebooks_junior

© 니케북스 2025

ISBN 979-11-94706-18-2 02810